Grazia Deledda

Le tentazioni

© 2023 Culturea Editions

Texte et illustration de couverture : © domaine public
Edition : Culturea (Hérault, 34)
Contact : infos@culturea.fr
Retrouvez notre catalogue sur http://culturea.fr
Imprimé en Allemagne par Books on Demand
Design typographique : Derek Murphy
Layout : Reedsy (https://reedsy.com/)

Dépôt légal : janvier 2023
Tous droits réservés pour tous pays

ISBN : 9791041842049

I MARVU

In un angolo della tavola da pranzo, che riflettendo la luce gialla del lume risplendeva come una lastra di rame, Diego e Maria giocavano appassionatamente a carte. Essi conoscevano a perfezione ogni partita, dalla scopa al tresette, dalla briscola al lanzichenecco e all'asino, e sempre giocavano, sino ad esaurirsi. Fuori imperversava il vento e gelava, tanto che il fuoco del camino e del braciere non bastavano a riscaldare il freddo ambiente della vasta stanza bianca, scarsamente arredata; ma i due giovanissimi giocatori non si accorgevano di nulla, non provavano freddo, non sentivano il vasto soffio del vento che scuoteva le inferriate e passava con un possente fruscìo come di mille giganti in corsa: e non pigliavano parte alla conversazione o meglio alle conversazioni. Giacché la numerosa famiglia era divisa per la vasta stanza in altri tre gruppi distinti.

Intorno al pedale di legno dell'antico braciere, sul cui rosso fuoco la cenere stendeva un sottile merletto bianco, stavan Margherita, la maggior figlia, e Giovanni Faira, suo marito. Entrambi biondi, egli piccolo, pallido, con occhietti azzurri socchiusi; ella altissima ed elegantissima nel modesto vestito di indiana pelosa a quadrati rossi e violacei; venivano chiamati da tutti, anche in famiglia, i "signori l-i" per la loro diversa statura. C'era poi donna Martina, e, un po' lungi dal braciere, Filippa, la secondogenita e Nino Faira, fratello del signor Giovanni, che faceva segretamente e da lontano la corte a Maria, terza figlia di donna Martina Marvu. Nino, studente in primo anno di leggi, che passava in paese le vacanze natalizie, veniva ogni sera dai Marvu a scorrervi alcune dolci ore di segreta estasi, in contemplazione del graziosissimo volto di Maria, e portava sempre fasci di libri, opuscoli e giornali illustrati. Il suo amore era così profondo e segreto e la sua corte tanto sottile e misteriosa, che nessuno, neppur Maria, se ne accorgeva!

Ei portava i libri e i giornali appunto e appositamente per lei, segnati a lapis rosso, con certe freccie sanguinanti che parevano estratte da profonde ferite, nei punti, nei periodi e nei versi che meglio s'adattavano al suo stato d'animo; ma nessuno ci badava; e tanto meno Maria, che era l'ultima a leggere i libri e i periodici già frustati e sciupati dalle altre sorelle e dal piccolo gregge.

Il piccolo gregge (così donna Martina lo chiamava nel suo rude linguaggio), consisteva in quattro ragazzetti indemoniati, Martino e Peppino, Grazietta e Chichita , i due primi, dagli otto ai dieci anni, ultimi figli di donna Martina, e le bambine degni rampolli del piccolo e cascante Giovanni Faira. Grazietta contava quattro anni, e Chichita due e mezzo.

Tutti e quattro, zii e nipotine, biondi e magri, chi con gli occhi grigi, chi con gli occhi neri, erano la disperazione della casa; stavano tutto il santo giorno a correre nel grande orto attiguo, gridando a squarciagola; arrampicandosi sui meli, sugli alti e snelli susini e persino sui pali del pergolato; incidendo nomi, date, geroglifici e parole insolenti sulle grandi e pallide foglie carnose dei fichi d'India, fabbricando case e giardini e castelli e stabilimenti interi, coi molini, i pozzi, ferrovie e i relativi ponti, fabbriche di terra... cruda, teatri, caserme, e persino prigioni di sassi e di rami, ove si rinchiudevano a vicenda.

Avevano a lor disposizione corni da caccia, trombe, carri di ferula, buoi e cavalli di canna, fucili e rivoltelle della stessa materia, casseruole e mestole, e infine un bagaglio innominabile, nascosto pei buchi del muro, sugli alberi, sotto terra, da per tutto.

Persino Chichita, alta due palmi, ancora balbuziente e con le gambette storte sempre ignude e rosse di freddo, perché le calzette invece della lor giusta missione compivano quella di copri-scarpe, pigliava parte a tutte le scorrerie della compagnia: se non poteva più la mettevano a far il pranzo, tutto d'erbe cattive e di polvere, o la rinchiudevano in prigione, rea d'innominabili delitti. Pur di far una parte, ella restava contenta, e in attesa del dibattimento scavava un pozzo entro la prigione.

Occhiverdi, la gatta fulva dagli occhi di vetriolo, altro importante personaggio della compagnia, faceva la sentinella. Già, la poverina veniva costretta a tutti gli uffizî; a girar il molino, a tirare i carri, a far la guardia carceraria, a comparir sulle scene con lo strascico e la cuffia. Alle volte però, quando Chichita stava in prigione e i grandi sui muri e fra le siepi facevano la guerra e le battaglie di Roncisvalle o di Montaperti (Diego voleva esser classico allorché dirigeva egli gli eserciti), Occhiverdi scappava dal casotto, scuotendo le zampine bionde. Ed ecco che allora la prigioniera si liberava da sé, e correva dietro la sentinella: un caso veramente strano.

Facevano così il giro dell'orto, e cadevano fra i guerrieri di Carlo Magno e di Farinata, scompigliandoli e mandando a monte tutto il piano di guerra.

Grazietta, una spiritata, coi capelli sempre sugli occhi, che per i suoi quattro anni parlava già discretamente male del prossimo, picchiava Chichita; Peppino e Martino, nella lor qualità di zii, bastonavano le monelle; Diego, caporione e capitano di tutta la volante squadriglia, pallido e miope coi suoi tredici anni prepotenti, metteva tutti in castigo. Schiaffi di qua, pedate di là, il finimondo, la battaglia vera, con grida, pianti ed altri guai, e sputi e insulti dell'altro mondo. Ci si mischiavano persino i grandi, e una volta Giovanni Faira era stato sul punto di andarsene con la moglie e le figlie, perché Peppino aveva fracassato il nasetto rosso di Grazietta con un pugno numero uno, chiamandola ladra figlia di ladro!

Una disperazione, infine. Andavano a mala pena a scuola, ma odiavano e mettevano in caricatura la povera vecchia maestra, e non studiavano né facevano nulla.

La mattina uscivano di camera lindi e puliti e coi ribelli capelli acconciati; la sera non si riconoscevano più, con gli occhi e il naso pieni di terra, le manine graffiate e nere, i vestitini a brandelli. Filippa e Maria non bastavano a rattoppare.

Solo al cospetto di Giovanni, il cui sguardo felino li impauriva, stavano alquanto tranquilli, ma egli, costretto dal suo impiego, restava fuori quasi tutta la giornata. A Maria e Filippa non badavano; e Margherita e donna Martina li avevano troppo viziati e ancor troppo li viziavano, perché potessero incuter loro rispetto e obbedienza.

Esse d'altronde, sempre sopraffatte da faccende e da affari in quella gran casa di possidenti sardi, non avevano il tempo necessario per educare quei bimbi nervosi e prepotenti. Rinchiuderli in casa era come ucciderli, essendo essi come gli uccelli dell'orto selvatico, scesi dal nido appena messe le prime piume; eppoi avrebbero fracassato ogni cosa; e per mandarli in collegio, nelle città lontane, non era ancora tempo. Questo era il progetto, ma non ancora ben fermo perché mancava l'assentimento degli interessati. Una volta, infatti, avendo Diego sentito qualche cosa come l'annunzio della sua prossima entrata nel seminario di Nuoro, scappò di casa.

Mancò due giorni e una notte, e per ricercarlo si dovette chieder anche l'aiuto dei carabinieri e dei barracelli: dopo ansie e timori indicibili fu ritrovato, nascosto fra le macchie d'un lontano podere. Bisognò non più parlargli di seminario, minacciando egli di far il bandito per davvero. Ora aveva tredici anni e studiava in privato presso il giovine maestro intelligente che aveva il diploma di professore; la sua infanzia turbolenta mischiavasi ancora al principio d'un'adolescenza maliziosa e fiera; e infatti, di giorno, quando non studiava, comandava il piccolo gregge nelle scorribande che, oltre la distruzione dell'orto, formavano il terrore degli umili vicini; di notte leggeva romanzi e giornali politici, giocava a carte e rubava i sigari di Giovanni, e parlava come un giovanotto, più malizioso di Nino Faira.

Donna Martina non si dava tanto pensiero per le monellerie "fin di secolo" di Diego e dei piccini, perché ricordava che Margherita, Filippa e Maria, ai lor bei tempi eran state più monelle e sbrigliate di essi.

Ed or Margherita era un'ottima sposa, signora e massaia perfetta, e le altre due, signorine serie, educate e rispettosissime. A parer suo! D'altronde, quel carattere indomito, caparbio e focoso la famiglia lo ereditava da lei, che aveva trascorso una esistenza quasi maschile. Allevata fra inimicizie e odi di partito e di famiglia, tra fucilate e processi e agguati, donna Martina, arido tipo di donna araba, alta, secca, di un pallore bronzino, naso aquilino e occhi neri grandissimi e fulminanti, maneggiava l'archibugio meglio della spola, cavalcava arditamente e faceva da sé ogni sorta di affari, sbrigando liti e controversie, e infine navigando meravigliosamente in quel mare tempestoso ch'è un grosso patrimonio nei villaggi sardi.

Già, la buona anima di suo marito non era mai stato buono a nulla, ella diceva. Ed essa aveva comandato sempre in casa sua.

Era ignorante e superstiziosa, ma di coscienza raffinata e di retto giudizio, nonostante la sua fenomenale superbia, che ella riconosceva.

- Mi dicono superba, - diceva, - ebbene? Siamo in tempi che per vivere bisogna armarsi di sproni; altrimenti vi si cavalca come un mulo.

Filippa le rassomigliava assai, fisicamente e moralmente; anche ella altissima per i suoi sani e forti vent'anni; una figura addirittura bizantina, con certe forme sottili ma dure, con certi occhioni oscuri e ovali, i capelli attortigliati e il vestito di percalle giallo a stelle e a ruote. Era altera, superba e ambiziosa; cavalcava stupendamente anche su puledri quasi indomiti; diceva di non creder in Dio; e benché donna Martina la dicesse una signorina educatissima, imprecava con la miglior grazia del mondo; e beffarda e sprezzante parlava male di tutti. Per lei tutti erano pezzenti, e se una persona era magra e pallida, come del resto lo era anche lei, voleva dire che non aveva di che mangiare!

Filippa era lo spauracchio di tutti i partiti del paese. Ella aspettava, ma che cosa aspettava? Lo sapevano tutti: ella aspettava un alto ideale, un laureato ricco e nobile, un presidente di Corte d'Appello, un professore d'università, o, in assoluta mancanza di questi egregi personaggi che non si lasciavano mai veder in paese, uno di quei proprietari sardi che hanno dieci tancas di fila, col fiume in mezzo; che hanno le tasche piene di fogli bancarî, ma che per sé stessi, nella loro personalità, sono... quel che sono...

(Apro una parentesi per dire che le tanche di maggior valore sono quelle provvedute di corsi d'acqua, ove il bestiame, essendo le tanche vasti pascoli chiusi, possa abbeverarsi. Una volta un ricco proprietario in berretta sarda sentì parlare dei miliardarî americani e dei milionarî europei.

- Roscilde! - disse con disprezzo. - Chi è questo Roscilde che sento sempre nominare? Cos'ha questo Roscilde? Ha delle tancas col rio in mezzo?

- No, non ne ha.

- E allora cosa è? È un corno!).

Per questa sua ambizione Filippa viveva un po' in discordia con Margherita, alla quale non poteva perdonare le nozze plebee con un piccolo avvocato senza titoli, tranne quello di segretario comunale. Nino Faira aveva una pazza paura di Filippa, e, oltre che per naturale timidezza, non svelava apertamente il suo amore per Maria, sapendo la fanciulla imbevuta e suggestionata dalle grandiose idee della maggior sorella che la dominava completamente. Per una strana furberia istintiva egli cercava però di ammansare la fiera ragazza, comportandosi con essa come non osava con Maria: standole vicino, le rivolgeva esagerati complimenti, in modo che Filippa si credeva corteggiata; ma tanto disprezzo ne sentiva che non degnava neppure offendersene.

Ella, del resto, aveva abbastanza che fare per abbandonarsi a sciocchi sentimentalismi, teneva i registri, pagava i domestici, vendeva i prodotti e aiutava assai donna Martina negli affari più importanti.

Ella così sapeva che in casa Marvu entravano, fra una cosa o l'altra, dodici mila lire l'anno. Di parte sua ella avrebbe avuto dunque due mila lire di rendita: quindi poteva ben pretendere, ben aspettare.

Fra tanto cozzar di passioni grandi e piccole, Maria passava quasi inosservata, sebbene anch'ella avesse la sua discreta dose di superbia e di caparbietà. Ma era tanto piccola e così poco s'immischiava negli affari, che la sua figurina sfumava accanto a quella della madre e delle sorelle. Aveva diciassette anni, piccola, bianca e pallida, con graziose lentiggini bionde sparse sulle guancie, gli occhi grandi e pensierosi e i capelli castanei, quasi d'un biondo cupo, tutti crespi, rialzati e infantilmente annodati con un nastro alla sommità della testa. Era Filippa che la pettinava, profittando di quei momenti d'intimità per sottometterla alle sue opinioni sul matrimonio.

Se Diego passava in quegl'istanti, mentre Filippa teneva in pugno i lunghi e crespi capelli della sorella, diceva che questa era una piccola puledra con la coda in testa. Ella fremeva di stizza, ma appunto come una piccola puledra si sottometteva agli insegnamenti di Filippa.

Il terzo gruppo dunque era composto dal piccolo gregge, riunito attorno al gran camino, le cui ante naturalmente non mancavano di incisioni e graffiti, rappresentanti inscrizioni, figure diaboliche, mostri, caricature, date, addizioni e sottrazioni.

Da una parte sedevano le ragazzine, dall'altra Peppino e Martino, nel centro Badòra, la fantesca, una bella ragazza rossa e lucente in volto come una mela appiola, con certi occhietti verdi e un nasino irregolare; forte e maleducata. Era la sola serva che passasse la notte dai Marvu: le altre due dormivano a casa loro. Nell'ora della veglia Badòra restava coi padroncini nella stanza da pranzo, perché in cucina c'era sempre uno dei servi, e a donna Martina la coscienza non permetteva di lasciar una ragazza sola con un uomo giovine. Una sera avea provato di lasciar i bimbi a farle compagnia in cucina. Dio ci scampi e liberi! Peppino attaccò fuoco ai piedi nudi di Sadurru, il servo che riposava e nonostante il chiasso dormiva steso su una stuoia di giunchi; e il giovinotto naturalmente si svegliò con una brutta impressione, sacramentando e gridando. I piccini risero a più non posso, saltando, inchinandosi ironicamente al servo, con le manine fra le gambe, mostrando la lingua e facendo smorfie; ma Sadurru li accusò alla padrona, dicendo che dopo le fatiche giornaliere aveva pur diritto di riposare senza pericolo d'incendi né d'altri guai. Donna Martina allora diede due secchi scappellotti a Peppino, e fece batter ritirata al piccolo gregge.

Così fino alle nove i bimbi restavano accanto al camino della stanza da pranzo, mentre Badòra filava e li teneva a bada, raccontando fiabe e storielle.

Quando Maria e Diego si stancavano di giocare venivano anch'essi fra i piccoli. Allora il circolo, al completo, recitava le litanie agresti, così il signor Giovanni, che talvolta era uomo di spirito, chiamava quel complesso di ragionamenti misti di maldicenze, sciocchezze, bisticci, parole senza senso, o inutili e cattive e poco decenti, che derivavano dalla conversazione di quella piccola gente allegra e senza pensieri ch'era il piccolo gregge, con l'appendice di Diego, Maria e Badòra.

Quella sera però i due instancabili giocatori non accennavano a muoversi dall'angolo della gran tavola da pranzo. Diego perdeva maledettamente stando Maria attentissima perché egli non barasse né giocasse d'astuzia e d'imbroglio come spesso usavano entrambi.

Scommessa non c'era: non scommettevano mai nulla; prima di tutto, perché non avevano denari (cioè, sì, qualche volta ne avevano, quando riuscivano a vender a insaputa di donna Martina e di Filippa, qualche litro di vino o d'olio, il cui ricavo intascavano senza scrupoli, spendendolo segretamente in leccornie), e poi perché la madre non lo permetteva.

- Il giuoco da carte con scommessa è il giuoco del diavolo, è peccato sette volte mortale. Io non voglio, - diceva, - che voi scommettiate neppure la punta d'un capello. Se vi piace, giocate per giocare, altrimenti getto le carte nel fuoco.

E non solo fece questo, ma diede a Diego un paio di scappellotti quando, per mezzo di occulte spie che s'indovina chi fossero, venne a sapere che i giocatori scommettevano in segreto frutti e dolci, castagne e oggetti di vestiario. In mancanza d'altro - riferì la spia - essi si giocavano a carte la gatta Occhiverdi, i cespugli di fiori dell'orto, la facoltà di dare un formidabil pugno a chi perdeva!

Bruciate le carte, donna Martina si lasciò lungamente pregare e supplicare prima di permetter ai due giocatori di riprender, con formale promessa di nulla più scommettere, il serale arrabbiato divertimento.

Ora essi giocavano così, per la sola soddisfazione di vincere: quasi sempre però la finivano male, perché giocavano slealmente, barando e imbrogliandosi a vicenda, benché stessero con tanto d'occhi aperti.

Maria rideva silenziosamente, mostrando i suoi dentini graziosamente irregolari ma bianchi e lucenti: era la decima o undicesima partita che vinceva. Diego s'arrovellava, roteando lo sguardo dalle sue carte agli occhi e alle mani di Maria. Aveva un asso e non sapeva come farlo scivolare sulle sue poche e inutili carte vinte, perché ella, a sua volta, figgeva gli occhi sulle piccole nervose mani di lui. A un certo punto si trovò disperatamente con l'asso e due sette in mano: finse di tentare un colpo estremo gettando il sette di picche, ma Maria sollevò in alto una delle sue carte e la lasciò cadere dicendo:

- Ora scoppi davvero!

La carta cadde rovescia! Diego la volse e imprecò sotto voce. Era l'asso di picche!

- Il giuoco è fatto - disse Maria.

- Non ancora: aspetta, aspetta, mia bella -. Accostò il lume, un'antica altissima lucerna di rame, con tre teste di chimera, dalle cui bocche spalancate usciva la fiammella che pareva una lingua di fuoco; s'accomodò sulla sedia e allungando destramente il collo cercò di veder le carte di Maria. Ma ella le strinse al seno e rise.

- Sai cosa ho sognato, Maria, stanotte? Ah, non puoi saperlo mai e poi mai...

- Che cosa? - chiese, ella, senza troppa curiosità.

- Indovinalo, grillo, cioè cicala, perché tu sei una cicala, quando non sei una puledra.

- E tu un asinello. Lascia lì quelle carte, son mie!

- Oh, mi sembravan mie. Ho sognato ah, se tu sapessi che stranezza!

- Filippina, - diceva Nino coi gomiti sulle ginocchia e il volto sentimentalmente fra le mani, - stanotte sei pallida come un biancospino. Cos'hai, a che pensi?

- Fammi il piacere, chiamami Filippa - rispos'ella duramente. E rivolta a Diego gridò: - Cosa dunque hai sognato, sornione?

- Fa il fatto tuo - egli rimbeccò: e abbassando la voce disse a Maria: - Senti, mi pareva ch'eravamo tutti a Roma, sai, da zio Francesco Agrabacca... eravamo immischiati negli affari della Banca Romana...

(Si era appunto in quel famoso periodo di tempo, e oltre l'interesse che Diego provava leggendo avidamente i giornali politici, c'era questo, che i Marvu avevano a Roma, grosso impiegato in un ministero, uno zio, don Francesco Agrabacca, implicato in qualche modo negli scandali della Banca Romana...).

Perciò Maria non si stupì molto del sogno di Diego: disse solo freddamente un: - Niente meno! - che non le impedì di vincere un'altra giocata.

- Aspetta, non ricordo bene, ma mi pare che tu fossi la moglie del deputato Colajanni...

Allora Maria dovette ridere, coi begli occhi splendenti, gridando con entusiasmo:

- Signor Iddio!

Filippa disse: - Bravo! - e Diego poté finalmente lasciar scivolare il suo asso e pigliar destramente un'altra inutile carta.

- Quante persone ho sognato! Quel deputato Colajanni! È il primo uomo d'Italia, sai, il primo! (Giovanni Faira, che intese quest'affermazione, disse fra sé che lo zio di Roma la pensava altrimenti!). Mi pareva alto, grosso, colorito in viso, coi baffi biondi. Chissà se poi è così! Vattelapesca! Poi eravamo alla Camera, con zio Francesco e donna Maria Antonietta Faira.

- Ma, - domandò ironicamente Nino, sollevando la testa, - eravamo deputati anche noi? (Diego diceva già di voler diventare deputato).

- No, eravamo in una tribuna. Egli parlava.

Si alzò un po' sulla sedia, e brandendo le carte, tuonò, imitando a creder suo la voce e il gesto del prediletto deputato:

- Non mi rompete le scatole...

- Che cosa hai? - gridò donna Martina, credendo che Diego e Maria si bisticciassero.

- Non l'abbiamo con voi! - egli rispose.

- Le mie congratulazioni ed augurî, Maria - disse Nino sollevando gli occhi, ma sempre a testa china.

Ella rideva, rossa in viso e con gli occhi scintillanti. Diego fece una discreta parlata, poi proseguì a raccontare il suo sogno, dove c'entravano ministri e senatori: profittando della gioia di Maria per rubarle le migliori carte con meravigliosa destrezza.

Sulle prime ella non s'accorse di nulla, ma visto l'improvviso voltafaccia del gioco cominciò a insospettirsi, si stancò del sogno di Diego, e cambiando d'umore stette attenta. Ora perdeva invariabilmente.

- Fammi il piacere, lasciami la testa - disse tagliando il mazzo; e distribuì lentamente le carte per il tresette, guardandole attentamente, perocché le conosceva tanto al dritto che al rovescio. Vide che le migliori andavano maledettamente all'avversario e s'impazientì.

- Ora scoppi tu - disse Diego, raccogliendole avidamente, e disponendole a ventaglio col dito insalivato.

- Sì, perché bari: sta attento che finirò col gettartele in viso.

- Diventi matta? Dio mi fulmini se ne ho imbrogliato una.

- Sta zitto tu, spergiuro - disse Nino.

- Zitto tu sii. Accuso dodici. Uno, due, tre. Tre assi, tre due, tre tre...

- Tre... tre... tre... - rifece Nino.

- L'hai con me, tu? Non son tre, son due - disse Diego perfidamente, e canterellò:

Duas rosas bi tenzo in s'ortigheddu,

Una bianca e una 'e golore;

Si mi dana mi pigo sa minore

Ga sa manna mi girat su cherveddu

Duas rosas bi tenzo in s'ortigheddu.

Nino allibì. Comprese a che il maligno ragazzo voleva alludere e si domandò spaventato:

- Ma come egli ha indovinato, se neppure essa ha capito ancora l'amor mio?

Si rizzò sulla schiena, si volse a Filippa e voleva dirle che essa aveva le mani bianche come l'ermellino, mentre erano brune e nodose, ma comprendendo anch'ella a volo la maligna allusione di Diego, lo fissava con tal freddo e sprezzante sguardo ch'ei dovette reclinare il viso fra le mani, senza più immischiarsi nel gioco.

E il gioco andava male per Maria. Diego insisteva sempre sul ritornello della quartina, battendo il piede in cadenza:

   - Duas rosas bi tenzo in s'ortigheddu,

  Duas rosas bi tenzo in s'ortigheddu.

A un tratto cambiò tono:

   - Maria io dissi,

  Io dissi Mariaaaa;

  E la terra si fermò commossa

  A udirmi...

- Bei versi - disse allora Nino. - Chi è l'autore?

- D'Annunzio. Li ho appresi da te...

- Sì, sono composti per questa Maria, per questa precisamente. Venite tutti a vederla, signori e signore.

- Buffone! Ragazzo cattivo, cattivo, cattivo! - disse ella, contando le sue poche carte.

- Venite a vederla, signori e signore. Signor Peppino, don Martino, Madama Grazietta, signora Badòra, "naso di patata"! Venite tutti: ho vinto cento e una partita. Mamma, abbiamo scommesso la nostra parte di patrimonio e ho vinto. Io son ricco e questa piccola puledra dovrà andar a mendicare con la bisaccia sulle spalle.

Riempiva la stanza con le sue grida, con la sua voce nasale alquanto nitrente, e per dar forza alla sua ultima profezia imitò i mendicanti storpi arrovesciando la mano e porgendola verso il lume:

- A min de dazes cerchi cosa pro s'amore 'e Deus? (Mi date qualche cosa per l'amor di Dio?).

- Perdona! Perdona - disse Chichita, alzandosi ritta sul suo sgabello.

Tutti risero, compresa Maria che si stizziva davvero, non cessando di mormorare:

- Imbroglione! Buffone! Bel ciarlatano diventerai!

- Anche la testa abbiamo scommesso, e ho vinto, signori e signore. Datemi un coltello che gliela taglio. Signora Badòra, "naso di patata", datemi quel coltellino che vi ha regalato Sadurru! (La ragazza arrossì, e donna Martina la guardò severamente pensando: - Ora so più di quanto ne sapevo un momento fa!). Quel bel coltellino col manico di madreperla. No? Non me lo dai? Allora mi servirò delle dita: fa lo stesso! -. Fece atto di avventarsi sopra Maria; ma ella, non potendone più, s'alzò, afferrò il mazzo delle carte e glielo scaraventò sul volto.

Fu un subbuglio.

- E una! - gridò donna Martina. - Lo dico io che la finite sempre male, ragazzi dell'inferno?

Diego, bilioso oltre ogni credere, voleva lanciarsi per davvero con le unghie contorte verso Maria; ma Nino credette bene d'intromettersi per difenderla; li rappacificò e calmò l'ira di donna Martina che caricava d'improperî i maneschi giocatori.

- Dia retta a me, donna Martina, lasci correre fino a domani; vedrà che tutto passerà.

- Cose del mondo! - esclamò Diego con filosofico sarcasmo, andando verso il posto prima occupato da Nino.

- Qui non ti voglio! - disse Filippa scostando la sedia. - Va altrove a fare i tuoi scandali.

Allora egli andò verso il camino, dicendo con prepotenza:

- Fatemi luogo, ho freddo.

Ma neppur lì lo volevano, e solo dopo aver minacciato Badòra di mandarla a gambe in aria, si fece largo, rimuginando tutto il fuoco e mettendo lo scompiglio nel piccolo gregge, sin allora discretamente tranquillo.

- Cosa c'è qui, mamma mia! - gridò ad un tratto, facendo una strana scoperta. Grazietta arrostiva grosse ghiande fra la cenere calda, e le mangiava ghiottamente, quasi fossero castagne. Martino si rosicchiava le unghie, e Peppino sonnecchiava, fortemente appoggiato al fianco di Badòra, la quale pungeva con un lungo spillo una quantità di olive di cui teneva colmo il grembo, per metterle poi a raddolcire nell'acqua. Chichita contava appunto le grosse olive verdi e violette, a mano a mano che la serva, dopo averle forate, le lasciava cadere in un cestino d'asfodelo. Così la compagnia stava passibilmente tranquilla, ma Diego mise subito tutto in iscompiglio.

- Sta zitto, non dirlo alla nonna, sta zitto, Dieghino... - supplicò Grazietta a voce sommessa, guardandolo così dolcemente attraverso i capelli che come sempre le velavano i grigi occhioni, che egli s'intenerì e tacque.

Ma donna Martina aveva udito.

- Cosa c'è, Diego? - Domandò interrompendo il discorso che teneva con Giovanni.

Nessuna risposta.

- Dico cosa c'è, Diego?

- Non c'è nulla. Era Badòra che s'abbruciava la sottana.

In ricompensa Grazietta gli fé parte d'una ghianda arrostita; ma per sfortuna era amara come l'assenzio, ed egli fece mille smorfie e la sputò sul fuoco borbottando:

- Cos'è questa porcheria? Graziettina, nipotina mia, sta attenta, tu ne fai una ogni momento... finché mi romperai la pazienza. Ma cosa è questo affare? Diventi una porcellina? Oh, diciamolo alla mamma, al babbo...

- Sta zitto, Dieghino, sta zitto - ella supplicò di nuovo, sgretolando le ghiande coi dentini guasti ch'era un piacere sentirla.

- Benissimo, sarò generoso, ma sputa subito di bocca quella porcheria, veramente porcheria perché la mangiano i porci non i cristiani, altrimenti ti dò un solenne manrovescio.

- Nostra Signora del miracolo, ora sei venuto qui a far il gradasso! - sospirò la serva. - Sei proprio insopportabile...

Diego l'avea con Badòra, perché pretendeva gli desse del "lei", cosa a cui la serva, che dava del tu a tutti, non poteva abituarsi. Le si volse tra l'inviperito e il beffardo:

- Zitta tu, "naso di patata", o ti attacco davvero il fuoco ai calcagni. O con chi credi tu di trattare, mal venuta nel mondo? Con Sadurru ti credi? Egli ti dà i coltellini, ma io posso darti una pedata che ti mandi via fuor di casa mia. E sia inteso.

- Se la Vossignoria sta quieta, - disse scherzosa e ironica la serva, pigliandosi in buona pace gli insulti, - racconterò una storia. E tu, Chichita, lascia in pace le olive. Sentite dunque.

Come per incanto tutti i ragazzi, compreso Diego, s'acquetarono, intenti, stringendo le seggioline verso il centro del camino.

- C'era una volta, - cominciò Badòra, sempre pungendo le olive e lasciandole cader nel cestino, - un frate che andò da una donna.

- Maritata? - chiese Peppino.

- Sì. Lasciatemi raccontare, se no non dico più nulla. Il frate andò una sera dalla donna; il marito era in campagna, e il frate con la donna cenarono assieme, cose buone...

- Ghiande arrosto? - domandò Diego, battendo la mano aperta sotto quella di Grazietta: le ghiande ch'ella teneva in pugno saltarono in aria e finirono sul fuoco. Ma per amore della storiella la piccina non fiatò.

- Ma che ghiande arrosto!... Maccheroni, carne arrosto, lepri in dolce, minestra, ecc. Mentre cenavano, don don alla porta. «C'è gente» disse la donna. Subito cosa fa? Fa entrare il frate dentro al forno e con esso tutte le vivande. Poi andò e aprì. Era il marito che tornava di campagna con un compagno; un contadino molto ricco.

«Non ce ne dai da cenare, capra mia ? Mi sto vedendo le orecchie ».

Ah, cosa fa la donna maligna? Sentite. Chichita, ti ho detto di star ferma: lascia le olive in pace. Sentite. La donna aveva un libro vecchio stampato. Lo prende e dice: «Libro mio, comando che appaia un piatto di maccheroni». Ed ecco il frate spinge fuori del forno il piatto di maccheroni.

Il marito e l'altro a bocca aperta, per la meraviglia.

«Libro mio, comando, fuori un piatto di carne arrosto!». Ed ecco venir fuori un piatto di carne arrosto.

- Sempre dal forno? - chiese Martino.

- E dunque da casa del diavolo? Lasciatemi raccontare. «Libro mio, comando, fuori una lepre in dolce...». E veniva fuori la lepre. Infine ogni grazia di Dio.

- Ma quei due non vedevano che c'era il frate?

- Ma che! Se lo avessero veduto lo avrebbero bastonato.

- Dio mio - esclamò Chichita, giungendo le manine e sospirando. - E fichi ce n'erano?

- E ghiande arrostite? - ripeté Diego, cui non dava gusto la storiella, e s'annoiava e sbadigliava.

- Non lo so, lasciatemi stare - proruppe Badòra impazientita. - Infine veniva fuori ogni cosa che la donna comandava, e i due uomini cenarono fino a slargarsi la cintura. Il contadino ricco disse poi alla donna: «Me lo vendi questo libro? Ti do cento scudi».

«No, non lo vendo neanche se me ne dai mille».

«Duecento scudi? Fai?».

«Dammene trecento e te lo do per piacere». Combinarono. Il contadino sborsò i trecento scudi e, preso il libro, lo avvolse nel fazzoletto e se ne andò. Arrivato a casa sua cominciò a comandarlo; ma già, era come dire al muro.

«Libro mio, comando un piatto di maccheroni».

Nulla. Visto ne avete voi? Vista ne ha lui. E restò con tanto di naso.

- E la donna? E il marito e il frate?

- E la donna e il marito, allegrissimi, se n'andarono a letto e misero i trecento scudi sotto il guanciale. Il frate, a notte alta, uscì dal forno e tornò al convento.

- E poi?

- Poi nulla. È finito.

- Mamma, - gridò Diego all'improvviso, - mamma mia, Badòra racconta delle porcherie a questi piccini!

Accadde allora un altro subbuglio: donna Martina si levò su, ritta, severissima, e venne a spiegazioni con Badòra che, rossa e stizzita come un galletto, ripeté la storiella, lamentandosi poi delle persecuzioni di Diego.

- Sia comunque, - disse il signor Giovanni intromettendosi, - non son storielle da raccontarsi ai bimbi, queste...

Donna Martina prese Diego per il braccio e lo lanciò lontano, dicendogli di andarsene a studiare.

Egli rispose che lo faceva volentieri; ma prima spifferò come Grazietta mangiasse le ghiande, e aggiunse che Badòra la consigliava d'imbrattarle di cenere, ché così eran più saporite.

- Non è vero, non è vero, nonna mia, - disse la piccina, - erano soltanto arrostite...

Basta, come Dio volle, la calma tornò nel piccolo gregge. Ma, rasentando la tavola per andarsene, Diego udì tre parole che Nino Faira susurrava a Maria, e uscì cantarellando:

- Duas rosas bi tenzo in s'ortigheddu...

E invece di ritirarsi nella sua camera, rimase sulla scala, pronto sulla balaustrata, aspettando.

Dopo averla rappacificata con Diego, Nino avea pregato Maria di giocar assieme una partita. Ed era una partita arrischiata quella ch'egli voleva finalmente giocare: avrebbe o tutto vinto o tutto perduto.

- Aspetta un momentino - disse Maria. Andò a riscaldarsi le mani al braciere, al quale erasi stretta anche Filippa, e poi tornò verso la tavola, ma senza troppo entusiasmo.

Donna Martina e le figlie e il genero parlavano a voce sommessa.

Giovanni raccontava un segreto di stato, o meglio un segreto di comune, di certe terre in quel giorno ipotecate per misteriosi debiti municipali.

- Vedrete che scandalo ne verrà fuori, vedrete. E ne piangerà lui, Pietro Ferro, vedrete...

- E perché lui? Tutti i consiglieri scaduti devono risponderne... - esclamò Filippa con gli occhi accesi. Pietro Ferro, sebbene zoppo, la interessava assai perché possedeva di quelle famose tanche col rio in mezzo.

- Sta quieta, tu - disse Margherita, tirandole la veste per significarle di parlar piano e accennandole Badòra con gli occhi.

- Cosa ne sappiamo noi? - disse Giovanni in tono misterioso, appunto perché ne sapeva qualche cosa. - Noi non sappiamo nulla -. Si mise a passeggiare e s'avvicinò alla tavola. Nino e Maria giocavano con calma un'aristocratica partita di lanzichenecco, e parlavano di cose indifferenti.

La quieta luminosità gialla della lampada a tre fiamme circondava con un radioso anello di luce le due graziose teste giovanili.

- Chi vince? - domandò Giovanni, fermandosi con le mani intrecciate sulla schiena.

- Io: e non si sa? - rispose Maria senza sollevar gli occhi.

Giovanni guardò con affetto i due giovanetti. Nino aveva diciannove anni, ma sembrava ancor più giovine, un bell'adolescente dai capelli neri ribelli, gli occhi piccoli ma brillanti, vivacissimi, il volto raso e pallido, con una profonda fossetta sul mento. Ridendo ne formava altre due sulle guancie e altre due nell'angolo degli occhi. Alla luce della lampada la sua fronte aveva un tenue riflesso d'avorio; e splendevano i denti, gli occhi e le delicate unghie violacee di Maria.

- Va bene, ma non vi sgridate, ammonì paternamente Giovanni, allontanandosi.

- Sgridarci! - disse Nino con voce sommessa, come parlando a sé stesso. - Com'è possibile? Non sono Diego io.

Maria credé d'intendere un lieve rimprovero e protestò.

- Ma non sono poi io che lo molesto. È lui, sai. Diego è un tormento. Già, sono tutti una disperazione quelli lì - (sporgendo il labbro inferiore accennò il circolo del piccolo gregge). - C'è da fuggirsene da questa casa...

- Vientene a casa mia - diss'egli sorridendo, ma il cuore gli tremava.

- Diego? Diego la finirà male... Vedrai, Nino; lingua mia s'inaridisca, ma Diego finirà male.

- Lascia stare, - egli rispose, - è un ragazzo; si correggerà da solo. Dieci, venti, ventiquattro, trentacinque... hai vinto tu pure.

- Già! - diss'ella ridendo e rimescolando le carte. - Fortunato in amor non giochi a carte!

Egli la guardò fisso, sospirò, scosse la testa. Volle dire una parola, ma non ardì ancora, e chinò nuovamente gli occhi.

Per un po' stettero silenziosi. Traverso il chiacchierio delle donne riunite al braciere, s'udiva Badòra raccontar la storiella e Diego sbadigliare insolentemente.

- Dio mio - disse a un tratto Maria, ricordando un dramma avvenuto quella mattina. - Sai cosa ha fatto oggi il Prigioniero di Chillon? Hai visto Miranda? Ebbene, se la ha mangiata viva e buona...

- Perbaccolina! - esclamò Nino, fingendo un comico terrore. Poi aggiunse spiritosamente: - Ma, già, voi vendicherete Miranda. Mangerete, a vostra volta, il Prigioniero di Chillon.

Risero a poco a poco, gustosamente.

Per spiegare il significato del dramma e della relativa vendetta, bisogna dire che in casa Marvu ogni individuo ed ogni cosa, battezzata per lo più da Diego e da Maria, con l'aiuto dei piccini, aveva un nome e spesso anche un nomignolo. Il Prigioniero di Chillon era il magnifico maiale bianco-roseo dalla coda nera, rinchiuso in una loggia esterna del cortile, e Miranda, la sua recente vittima, una graziosa gattina nera. I cani da caccia di Giovanni, per esempio, si chiamavano Manfredi e Carlo d'Angiò: il cavallo Gialeto e la provvista della legna da ardere indovinate poi come la chiamavano? Arnaldo da Brescia!

Un vecchio servo campidanese, che improvvisava canzoni e suonava le leoneddas e la chitarra, Maria, dietro il classico e poetico consiglio di Nino, lo aveva rassomigliato - nientemeno - a

Sordello Visconti. (Veramente Maria, che non conosceva Dante che di nome, non sapeva la distanza enorme fra zio Giuseppino e Sordello!). Da quel giorno zio Giuseppino, prima soprannominato Pira gotta (Pera cotta), si sentì sempre chiamare Sordello. Egli s'arrabbiava, credendo volessero dirgli ch'era sordo, e infatti lo era un poco, ma le sue proteste riescivan vane. Sordello andava e Sordello veniva. Che più? Le galline erano chiamate le undici mila vergini, benché fossero soltanto ventidue; e in questa denominazione era compreso anche il gallo!

Maria continuò a vincere, Nino taceva; talora s'incantava in un profondo pensiero, giocava distratto, e tratto tratto trasaliva leggermente.

S'avvicinava l'ora di andarsene; e poiché quella sera egli voleva tentare il colpo meditato da lungo tempo, non sapeva a quale ispirazione votarsi per consegnare a Maria una lettera d'amore.

La fortuna lo favorì. Nel chiasso destato da Diego per la storiella di Badòra egli poté dire alla fanciulla:

- Maria, mi fai un piacere?

Disse solo così; ma la voce gli tremava e il suo viso si contrasse come per uno spasimo fisico.

- Cos'hai? - ella chiese con premura. - Ti senti male?

- No, no. Mi fai dunque un piacere?

- Magari due! Cos'è?

- Quando me ne vado, vieni tu a farmi lume e accompagnarmi...

- Perché? - ella chiese guardandolo ingenuamente stupita. Ma egli la fissava così stranamente, con tanta sincera passione, che ella finalmente comprese e arrossì.

- Perché? Perché? - chiese sommessa, chinando gli occhi.

- Vorrei dirti una parola.

- Non puoi dirmela ora?

- No, non posso. Verrai?

Ella pensò un poco, alquanto sconvolta. In apparenza essi giocavano ancora, ma gettando a caso le carte, senza neppur vederle. A lui tremavano lievemente le mani: era spaventato, meravigliato e felice di quanto aveva osato. Anche senza averla completamente giocata, sentiva d'aver vinto la partita.

- Verrai, Maria, verrai?

- Sì.

Rasentando la tavola, Diego udì queste ultime parole, la domanda supplicante e ardente, la risposta soave e promettente; e il dubbio che passava nella sua testa di bimbo-uomo, si fece certezza. E così, invece di ritirarsi, rimase sulla balaustrata nera che la ripercussione del vento esterno faceva fremere e tinnire, nella vuota oscurità della scala fredda.

Rimase un bel po', tremando di freddo, ma finalmente il suo pallido viso satirico dagli occhi lunghi socchiusi, affacciato prudentemente nel vano d'un circolare fiore nero della balaustrata, vide i due colpevoli uscire e fermarsi sul pianerottolo.

Maria teneva alto un lume, la cui luce tremò alla fredda aria della scala. Nino estrasse rapido dalla tasca del soprabito la bianca ed elegante lettera, e gliela pose nell'altra mano.

- Leggila, e rispondimi domani.

E siccome ella rimaneva stordita, egli le prese rapidamente la testina fra le mani e la baciò: e fuggì via, scendendo i gradini a tre a tre e rialzandosi il colletto del soprabito. Maria scese, rinchiuse la porta e risalì guardando da una parte e dall'altra la cara lettera; le sue labbra non avevano sentito neppure le dolci e ardenti labbra di Nino, ma l'anima sua aveva sentito il bacio d'una nuova vita, e in quello sfondo buio di scala, sul cui vuoto i ghirigori neri della balaustrata guardavano come strani occhi oscuri, scorgeva un orizzonte luminoso.

Invece di rientrare nella stanza da pranzo proseguì a salire le scale. Ed ecco Diego, ritto sui gradini, serio e fatale.

- Cosa fai lì? - domandò Maria, spaventandosi e indietreggiando.

- Ho veduto tutto! - egli disse. - Tu fai l'amore con Nino Faira, e se non mi paghi dico tutto alla mamma e a Filippa!

- Cosa? Cosa?...

- Cosa? - diss'egli alzando la voce. - Te la dico io la cosa! Se non mi dai tutto il denaro che possiedi, ti accuso a Filippa!

Davanti alla viltà di lui, Maria, ricadendo nella più brutale realtà, reagì, arrossì e gridò esasperata:

- Ti do un corno! - e ridiscese decisa di mostrar la lettera a sua madre e a Giovanni.

Fuor nella strada, stravolto dalla gigantesca corsa del vento, col soprabito aperto sul petto pulsante, Nino diceva fra sé:

- Oh Maria, mia dolce Maria, ogni tuo pensiero sia con me in questo momento!

Ma in quel momento Maria, con la lettera d'amore non ancor aperta fra le gelide mani, scendeva le scale amaramente pensando:

- Diego la finirà male!

UN PICCOLO UOMO

Nella catena di detenuti giunti la sera del 23 marzo al Penitenziario, eravi un giovane piuttosto distinto, vestito di grigio, con un gran cappello quasi bianco, l'ombra delle cui larghe falde orlate di nastro grigio oscurava un pallido volto scarno dal profilo aquilino e dalla barba nera a punta, accuratamente tenuta. Durante il viaggio aveva continuamente taciuto, con le lunghe ciglia nere chine, le sopracciglia aggrottate, e gli occhi costantemente fissi sulle mani scarne e nervose dalle unghie assai lunghe, serrate nel lucente ferro delle manette. Solo nel Penitenziario sollevò le palpebre e fissò gli acuti occhi neri sul volto del Direttore che, a sua volta, lo guardava attentamente e freddamente. Per una bizzarra combinazione il detenuto e il Direttore avevano lo stesso nome, probabilmente causato dal cognome e dalla vanità dotta dei due padri rispettivi: Cassio Longino! E lo sapevano entrambi: e il detenuto a cui l'esotico nome aveva spesso, nel suo lontano paese d'oltremare, ove cassio significava sottana bianca, procurato più d'una caricatura, ora almeno provava l'amara soddisfazione di vedersi, per esso, distinto dai freddi occhi verdognoli del signor Direttore.

Sin dal primo sguardo i due uomini si dispiacquero: il Direttore, d'età incerta, era piccolo, un po' curvo, con piccoli piedi e piccole mani magre che teneva costantemente nascoste entro le saccoccie del lungo soprabito di panno nero lucido. Nel suo viso terreo sbarbato una grande aria di sofferenza fisica che arricciava gli angoli della bocca pallida: negli occhi piccoli e verdi una fredda e quasi crudele indifferenza: sui capelli biondi perfettamente rasi due grandi orecchie erette.

Per tutto questo e perché era Direttore del carcere dispiacque al n. 245; e il n. 245 dispiacque al Direttore per la sua aria sdegnosa, per lo sguardo fiero con cui osò fissarlo, e per la sua forte e sana giovinezza.

Durante la consegna dei nuovi arrivati il Direttore non aprì bocca, e per più giorni Cassio, rinchiuso in una cella a pagamento non lo rivide. La sua inferriata dava a levante: triste occhio aperto in una delle pallide facciate dello stabilimento, guardava il lontano Appennino ancora nevoso e la campagna toscana a cui il marzo ridonava il verde lucente delle erbe e il verde pallido e quasi giallo delle prime foglie: nell'orto del Penitenziario, coltivato da reclusi in tenuta di tela e in berrettino rosso, Cassio, che per speciale permesso del Ministero teneva i suoi abiti signorili, vedeva i peschi fioriti d'un rosa intenso, e le delicate rose dei meli sparpagliate a mazzi sull'aria tiepida.

Egli rimaneva sempre presso l'inferriata, fremendo continuamente di dolore; i lunghissimi vespri velati lo lasciavano mortalmente stanco di angoscia; tuttavia non dormiva di notte, e sull'inspido giaciglio sentiva la percussione dolorosa del sangue tormentato. La mattina, quando la guardia, un lungo giovinotto la cui testa rossa spiccava sull'azzurro cinereo della brutta divisa, entrava per ripiegar la branda, Cassio era già in piedi, diritto davanti all'inferriata.

Fuori le prime rondini scendevano e salivano, con le ali e il petto brillanti al sole. Il detenuto non degnava la guardia d'una parola, non rispondeva ai continui richiami, ai piccoli fischi, all'agitarsi delle mani del suo vicino di destra, e, nell'ore di aria, quando veniva per un'ora portato al triste cortile, non badava a nessuno, con sdegnosa indifferenza passeggiando su e giù sul triste lastrico, umido di rugiada.

Nello stabilimento si sparse la voce che egli era un ricchissimo signore sardo, parente del Direttore, e siccome il Direttore era temuto ed odiato (nessuno dei detenuti sapeva però la cagione di questo odio e di questa paura, poiché l'ometto non aveva mai fatto loro del male tranne che col suo freddo sguardo indifferente), anche il n. 245, dopo una settimana dal suo arrivo, era odiato e, strana cosa, temuto.

Avendo chiesto permesso di scrivere, il primo aprile egli fu chiamato in Direzione; una stanza grigia desolata, arredata rigidamente: dalla finestra inferriata penetrava un rettangolo di sole pallido e scaccheggiato, sul cui chiarore muovevasi l'ombra d'un ramo lontano. Il Direttore lavorava curvo più che mai su un tavolo grigio: non si mosse, non si sollevò che dopo lungo tratto di tempo, durante il quale Cassio, ritto e rigido, con gli occhi fissi sull'ombra del ramo tremolante al sole, si rose di umiliazione.

Ah! Davanti agli altri, davanti a quella turba di delinquenti e di vilissime guardie, egli almeno poteva darsi la soddisfazione d'una certa dignità sprezzante: era più forte di coloro che lo legavano, più grande di quelli che sdegnava chiamar compagni di sventura: ma dinanzi a quel piccolo uomo sofferente e sprezzante doveva curvarsi, rispondere, umiliarsi.

- Ella, - gli disse bruscamente il Direttore, voltandosi senza levarsi, - condannato a tre anni di semplice detenzione per falso, può scrivere solo una volta al mese.

La sua voce era un po' fessa, ma l'accento puramente toscano.

- Lo so, - rispose Cassio, - ma non ho chiesto semplicemente di scrivere al mio paese, ma di poter scrivere per conto mio, nella mia cella.

- Impossibile, per ora. Perché non chiede d'esser ammesso nell'ufficio degli scrivani?

- Se è possibile esservi ammesso!...

- Possibilissimo.

Cassio fece la domanda lo stesso giorno, e l'indomani fu ammesso all'ufficio, ove l'abbondantissimo lavoro era malamente sbrigato da altri tre detenuti. La stanza, attigua alla Direzione, era ancor più grigia e desolata di questa, e i tre scrivani, il primo grasso e calvo con piccoli occhi azzurri cisposi, il secondo biondo, pallidissimo e con un profilo quasi diafano, e il terzo un giovane alto, tarchiato, con una forte testa bruna ricciuta e un volto raso da imperatore romano, fecero cattiva impressione al nuovo venuto. Essi parevano rassegnati e quasi lieti della loro melanconica sorte: Cassio invece provò un disgusto profondo, accresciuto da quella stupida rassegnazione dei tre compagni di sventura, uno schianto di impotente disperazione, e si pentì della sua domanda. Meglio restar nella sua cella, con le mani protese al sole dell'inferriata, davanti al lontano Appennino che gli ricordava le patrie montagne risuonanti del nitrito del suo puledro nero slanciato alla caccia del muflone, solo con la sua condanna e col suo dolore.

Il detenuto dalla testa ricciuta, più ardito degli altri due che si contentavano di guardarlo alla sfuggita, cercò subito far conoscenza, in modo rispettosissimo. (Sapevano che aveva il nome del Direttore e la voce corsa fra gli altri detenuti).

- Ella è sardo?

- Sardo - diss'egli freddamente.

- Poiché la sorte ci ha avvicinato in questo luogo, permetta...

- Bella sorte! - disse Cassio amaramente e troncò il complimento che il disgraziato voleva rivolgere al presunto gran signore sardo. E non disse nulla di sé, e non chiese nulla degli altri.

Tre giorni dopo arrivò per lui dalla Sardegna una lettera quadrata ed elegante, in busta avorio; la scrittura era alta e sicura, una indefinibile fragranza esalava dai fogli grandi e lucenti. Il Direttore l'aprì e la lesse con una certa trepidanza, non confessandosi che l'aveva aspettata.

Dopo tutto egli era uomo, giovine ancora; aveva molto sofferto e molto amato, e se i suoi dolori particolari gli avevano lasciato quella profonda indifferenza, che passava per crudeltà, per le infinite miserie su cui gli toccava dominare, un pezzetto di cuore e di sentimento umano gli restava ancora. Se il n. 245 fosse stato un povero diavolo come quasi tutti gli altri detenuti, nonostante l'omonimia interessantissima, il Direttore dopo il primo giorno avrebbe lasciato correre; ma il bel giovane fiero e distinto che veniva quasi circondato da una leggenda, attirava l'attenzione di tutti, e quindi anche la sua.

E le bizzarre voci correnti per le lugubri celle e nei tristi ambulacri dello Stabilimento, erano giunte anche a lui.

Il dubbio che in esse ci fosse qualcosa di vero - Longino, infatti, non era un cognome sardo - aveva per un momento fatto sfavillare la verde indifferenza dei piccoli occhi: ed ora essi s'animarono di nuovo leggendo la lettera.

Ma nulla di particolare essa conteneva: era una sorella, nata da un secondo matrimonio della madre di Cassio, che scriveva. Un affetto intensamente pietoso vibrava nei quattro fogli, una dolcezza senza nome, una suggestione soavissima di conforto e di rassegnazione.

«Fatti coraggio, Cassio, non disperare, non soffrire troppo: pensa che siamo soli nel mondo, soli ad amarci e a sperare l'uno nell'altro. Il tempo passerà, e quando Dio vorrà riunirci io saprò ricompensarti dell'immenso sacrifizio che tu facesti per me. Non umiliarti, non disperarti; i buoni sanno che la tua colpa è stata un eroismo...».

- Anche? - pensò il Direttore. - Tutti i condannati sono innocenti, sono vittime, ma che siano anche eroi?

Eppure quella lettera, tanto diversa dalle volgari epistole che giungevano al Penitenziario, così buona, fine, delicata e amorosa, lo fece pensare.

Lo prese una curiosità morbosa di sapere, di conoscere, contro cui invano tentò lottare. E contro la sua volontà riluttante, nonché contro i Regolamenti di cui era scrupolosissimo, fece chiamare il n. 245 per consegnargli la lettera in Direzione. Occorrendo una scusa gli consegnò prima un uggioso lavoro da eseguirsi nell'ufficio, poi gli disse, fissandogli in volto gli occhi nuovamente immersi in egoistico raccoglimento:

- C'è una lettera per Lei.

Cassio non disse nulla, ma sollevò la testa e una rossa vampa di commozione gli colorì il volto e le orecchie.

E, per la seconda volta, accadde un fenomeno; il Direttore del Penitenziario ebbe invidia del detenuto. Perché al detenuto, nella sua profonda miseria, giungeva una voce di conforto e d'affetto che doveva illuminargli tutto il buio orizzonte d'un fulgore d'aurora lontana che riflettevasi sul suo volto; e a lui, libero e padrone, solo e perduto nell'infinita tristezza di mille profonde miserie, non arrivava mai, né da vicino né da lontano, una voce di affetto, un raggio di luce.

Nella sua commozione Cassio intravide qualche cosa d'anormale nell'animo del Direttore e ne profittò, da astuto sardo ch'egli era, chiedendo arditamente il permesso d'aver tosto la lettera e poterla leggere in Direzione.

Meglio lì, sotto la mal celata indifferenza dei piccoli occhi verdi, che nell'orrendo ambiente dell'ufficio, tra la volgare curiosità dei tre rassegnati scrivani.

Da quel giorno egli parve più socievole, più rassegnato, e il signor Direttore gli mostrò qualche deferenza che, non sfuggendo agli altri detenuti, confermò la voce della presunta parentela. Tuttavia non ottenne il permesso di scrivere prima d'esser compiuto un mese dal giorno del suo arrivo nello stabilimento, ma il giorno in cui poté finalmente scrivere ottenne due fogli. E la sua lettera non fu meno affettuosa di quella della sorella, ma meno dolce, meno delicata: fra le righe nervose fremeva il dolore dell'impotenza.

«Sono qui da un mese, ma mi pare d'esservi da trent'anni. Comincio a rassegnarmi; mi hanno messo nell'ufficio degli scrivani, con tre sconosciuti antipatici (il Direttore cassò queste quattro parole); il lavoro è molto, quasi opprimente, ma fa passare meno dolorosamente il tempo. Sulle prime non potevo assuefarmi: ora sono meno disperato. Il signor Direttore è assai buono con me.

Sì, sì, il tempo passerà, il tempo passa, ma intanto io ho l'impressione che la mia condanna sia eterna: che i 987 giorni che ancora mi restano da scontare sieno infiniti come le rene del mare. Mi opprime più di tutto il pensiero del tuo dolore.

Ma pensando a te mi conforto. Tu sei tanto buona. Purché, nella mia assenza, non ti mariti e ti dimentichi di me! L'ho detta grossa; perdonami, cara Paola; ciò che ho detto non è possibile. Come la buona sorella può dimenticare il fratello infelice? Eppure, alle volte, quando non posso dormire, accresce il mio affanno anche questo pensiero. Chi poteva credere che le cose andassero così?

Io ero rassegnato a tutto, ma in fondo speravo nella giustizia degli uomini. Che cosa hanno fatto di me! Scrivimi presto, non dimenticarmi: se ciò fosse saprei trovare un termine fatale al mio soffrire».

E non salutava nessuno, non si ricordava di nessuno, tranne che di lei. La risposta giunse a volta di corriere, con pacchi di roba, libri e denaro.

Il signor Direttore provò nuovamente uno strano fascino di dolcezza e di invidia leggendo la buona ed elegante lettera di Paola. Ella non rimproverava il disgraziato per la poca fede che mostrava nel suo affetto, ma si diceva accorata nel sentirlo tanto triste, lo assicurava che non si sarebbe maritata prima del suo ritorno, e aveva una buona parola anche per il signor Direttore. «Amalo e rispettalo: egli può farti molto bene, può esserti un padre (- Un fratello signorina! - pensò il Direttore): io prego per te e per lui: (- Grazie! - egli disse fra sé, un po' amaramente)».

Nella terza lettera, avendole Cassio chiesto cosa ella faceva e come passava il tempo, Paola scrisse:

«I giorni passano tristissimi nella tua lontananza: io sbrigo come posso gli affari e vado spesso in campagna con la balia e il balio. Poveretti, essi mi sono di tanto aiuto. Andiamo a cavallo, e queste cavalcate sono il mio unico divago. A casa nulla di nuovo: lavoro attorno all'arazzo che cominciai in collegio, quando i miei sogni erano così diversi dalla presente realtà, copio in esso certi vecchi ricami sardi scovati dalla balia. Non vedo quasi mai nessuno; penso a te contando i giorni».

- Perché questa gente che sembra ricca e intelligente non pensa a chieder la grazia? - si domandò il Direttore; e passeggiando nell'orto, ove la primavera toscana trionfava con splendide fioriture di rose bianche, gialle e vermiglie, e dove fra l'intenso verde degli erbacci i berrettini rossi degli ortolani reclusi fiammeggiavano come papaveri, pensò assai stranamente alla soave e forte sorella del n. 245. Se la figurava alta e bruna come il fratello, col pallido viso arabo marcato da quella fatale fisionomia che distingueva il detenuto; e la vedeva curva sul suo arazzo pazientemente istoriato, e slanciata al trotto d'un piccolo cavallo sardo, con gli occhi socchiusi al dardeggiante sole del maggio isolano. Poi si meravigliò, si vergognò della sua puerile romanticheria e provò una di quelle sorde e occulte collere che spesso violentando la sua naturale freddezza gli ribollivano nel sangue scarso, lasciandolo poi esausto e più che mai indifferente.

Passò la primavera e vennero altre tre o quattro lettere di Paola: nell'ultima ella prometteva di mandar il ritratto, purché fosse sicura che avrebbero permesso a Cassio di riceverlo.

- È permesso - scrisse nervosamente in calce alla lettera il Direttore, prima di farla consegnare al detenuto.

Per una, due, tre lunghe settimane vi furono nello stabilimento - sotto il gran cielo azzurro pervaso da un sole ardente che cangiava le celle in fornaci snervanti - due anime che attesero passionatamente, sebbene in diversa aspettazione, quel ritratto di donna.

L'attesa di Cassio era dolce e profonda: nella rassegnazione dolente che l'abitudine e la speranza cominciavano a infondergli nel cuore, l'attesa di quel ritratto gli dava quasi un sentimento di felicità: si svegliava prestissimo pensando che quel giorno avrebbe forse ricevuto; e in attesa della guardia che venisse a condurlo all'ufficio, tornava all'inferriata e protendeva ancor fuori le bianche mani, quasi volendo raccoglier entro le palme tutta la frescura del mattino: e pensava sempre al ritratto. Fuori le rondini scendevano e salivano sempre, gorgheggiando, con le ali e la coda perlate di vividi riflessi di luce: la campagna gialla circondava di aurei tappeti il verde lucente dei lontani vigneti; e in fondo l'Appennino vigilava fra le cerule luminosità del mattino. Il detenuto ricordava le rosse aurore delle sue montagne fulgenti di ginestre fiorite, pensava al ritratto e provava un vago sentimento di gioia. Il Direttore s'alzava da letto col volto più che mai terreo e pensava anch'egli al ritratto, ma la sua attesa era composta di inquietudine, di amarezza, di collera contro sé stesso, che non sapeva vincere la sua sciocca curiosità, il suo sciocco sentimentalismo, lo sciocco interesse che quella gente gli destava (così egli dicevasi). E scendeva negli orti, e risaliva in Direzione, e faceva il suo dovere, e sbrigava il suo arido lavoro, e passava con gli occhi freddi e le mani nelle tasche del soprabito estivo (anche nei giorni più ardenti indossava un leggero soprabito nero) attraverso quegli uomini dalla fronte marchiata sotto il sanguinante vergognoso berretto, ma aspettava il ritratto. In fondo in fondo, sotto la sua collera nascosta, sotto il suo crudele malumore, gli brillava un punto di dolcezza, una scintilla come quella che brillava smarrita nella fredda trasparenza dei suoi occhi verdi, vaga e incerta, sì, ma scintilla. E questa scintilla, questo punto di luce occulto e indefinito raggiò altamente all'arrivo del ritratto. Un ritratto vivo, splendido, non parlante ma sorridente d'un affascinante sorriso.

Ella non era come la fantasia se la figurava: era bionda, non bruna, bianca e delicatamente bella: negli occhi oscuri, non molto grandi ma graziosamente obliqui, nella bocca lunga ed infantilmente arcuata e nel mento diviso da una profonda fossetta, ardeva e scintillava un sorriso ineffabile. Quel sorriso era la bontà e la dolcezza delle sue lettere, era l'indefinita fragranza che le sue parole esalavano, era il misterioso e suggestionante fascino che aveva preso e conquistato da lontano la piccola anima di quell'ometto taciturno che passava per crudele ed era temuto e odiato solo perché era un povero sognatore.

La lettera che accompagnava la fotografia era, al solito, buona e dolce; a un certo punto diceva:

«Mi ho fatto il ritratto pensando a te, e sorridendoti: che il mio sguardo e il mio sorriso ti rechino un po' di gioia e ti confortino a sperare in giorni migliori di questi. Leggi nei miei occhi quanto ancora vorrei dirti».

Il Direttore, a questo punto, guardò ancora gli occhi del ritratto, poi finì di legger la lettera, poi guardò nuovamente la fotografia, volgendola alla luce: e nel riflesso della luce l'immagine ebbe quasi parvenza di realtà, i begli occhi splendettero, le pure labbra sorrisero.

- Oh Dio, come sono sciocco! - disse a sé stesso il signor Longino; ma in fondo all'anima pensava: - Come scriverà al suo innamorato, questa creatura elegante e fine, se scrive così ad un fratello? -. E tosto, tristemente, pensò ch'egli era piccolo, brutto, apparentemente vecchio, odiato e temuto da tutti quei disgraziati che il freddo suo occhio dominava.

Rilesse la lettera, tornò a guardare la lucente figura di Paola e... per quel giorno né l'una né l'altra furon consegnati al detenuto.

Di notte il signor Direttore ebbe un sogno bizzarro: gli sembrava avvenisse una rivolta fra i reclusi; alcuni urlavano contro di lui, spezzavano le catene e gli si avventavano sopra. Egli teneva fra le mani il ritratto di Paola, e non poteva muoversi, né difendersi, perché ciò facendo il ritratto sarebbe caduto per terra e il n. 245 si sarebbe accorto dell'appropriazione indebita del signor Direttore. Ma mentre stava per esser soffocato dagli artigli dei reclusi, appunto Cassio si gettò fra loro gridando: «Lasciatelo, perché egli sposerà mia sorella! Allora diverrà buono con voi perché ella è tanto buona!...».

Si svegliò sudato e commosso, né poté riattaccar sonno né trovar riposo.

Cassio, intanto, continuava nella sua attesa alla cui dolcezza cominciava però a frammischiarsi una vaga inquietudine: aspettò ancora una settimana, e il ritratto non giunse. E non giunse neppure alcuna lettera; ed era tanto tempo che aspettava! Quanto tempo? Quasi un mese. Che accadeva laggiù, dietro il mare arso dal sole, laggiù, fra le montagne ove il timo olezzava nei purpurei tramonti solitari? Paola doveva esser malata, se taceva così a lungo: o lo dimenticava? Cassio ricadde nella indicibile disperazione dei primi giorni: chiese il permesso di telegrafare, ma non l'ottenne; a mala pena gli fu concesso di scrivere due giorni prima che spirasse il mese dacché ultimamente aveva scritto.

La sua lettera era così triste e scorata che il Direttore sentì più che mai acuto rimorso del suo reato: da due settimane egli viveva una vita infernale, e mentre ai reclusi pareva più odioso e crudele di prima, egli li fissava con insolita profondità umana nei piccoli occhi verdi. Sapeva, capiva finalmente come l'uomo può, contro la sua volontà, esser trascinato al reato. Leggendo la lettera dolente del n. 245 si domandò ancora:

- Ma perché non chiedono la grazia? -. E questa volta non s'adirò per questo pensiero, anzi vi ritornò sopra, formulandolo meglio. Respinse però l'idea che la pietà per il n. 245 non gli venisse destata solo dal rimorso ma da un sentimento più occultamente egoistico, dalla speranza di poter presto parlar liberamente col detenuto - non più tale - e dirgli:

- Signore, io sono uno sciocco, e perciò non so come né perché, in sì breve tempo, mi sono stoltamente innamorato di vostra sorella, sebbene non abbia la fortuna di conoscerla. Volete darmela in isposa?

Paola telegrafò, e rispose tosto mandando in raccomandata un secondo ritratto. Nella sua fine bontà, per non destar inutili collere nel povero detenuto, fece vedere di non aver spedito altra fotografia e di non aver potuto scriver prima per molte ragioni che pazientemente addusse: principale quella di non essersi potuta fotografare prima.

- Com'è buona! - pensò il Direttore, ammirando tanta finezza; e in un impeto di entusiasmo fu per scriverle e rivelarle ogni cosa. Ma naturalmente non lo fece, ed ebbe molte tristi idee. - Mi crederà un matto, e avrà paura per suo fratello.

Passò anche il rimanente estate e s'inoltrò l'autunno: reclusi partivano e reclusi arrivavano: nell'ufficio degli scrivani i tre continentali sembravano più che mai rassegnati, talvolta anche allegri, destando un maledetto disgusto nel sardo che pure, in fondo in fondo, era rassegnato anche lui. Solo, nella dolcezza dell'autunno, nelle roride aurore dal cielo ineffabilmente puro, nei lunghi tramonti che sbattevano il loro riflesso d'oro rosso fin sulle lugubri pareti dell'ufficio, egli sentiva tormentosa la nostalgia della patria e della libertà. E fremeva come puledro tolto ai liberi pascoli e chiuso in mefitica prigione: ma sapeva domare le sue intime ribellioni, e talvolta s'immergeva così profondamente nella speranza e nel sogno dell'avvenire che il presente gli pareva già passato. Però quando giunse l'inverno e dagli Appennini neri di nebbia salirono a torme le nuvole, e la pioggia sgranò le sue incessanti lagrime irose contro le facciate dello Stabilimento, Cassio sentì i suoi nervi tendersi dolorosamente come corde indurite dal freddo. Di giorno, nella luce livida dell'ufficio, le tre teste degli scrivani, i tre volti grigi di freddo, i piccoli occhi azzurri cisposi, il profilo diafano del biondo, la testa da imperatore romano, gli apparivano come in tormentosa visione, destandogli un desiderio istintivo, brutale, di afferrare qualche cosa e percuoterla con tutte le sue forze contro quegli occhietti in modo da creparli, contro quel profilo in modo da schiacciarlo, contro quella testa in maniera da spaccarla. Questo desiderio cresceva di giorno in giorno: talvolta era così intenso che Cassio provava la strana, brutale sensazione di averlo realizzato; i muscoli delle sue braccia si rallentavano, un leggero brivido di orrore gli ondeggiava per le vertebre. Poi, rientrato in cella, rideva amaramente fra sé della strana ossessione, e capiva di odiare i tre disgraziati scrivani perché gli rappresentavano, in quei terribili giorni invernali, tutta l'umanità e tutta la natura che lo torturavano e contro cui il suo organismo si rivoltava. Di notte, anche non dormendo, riposavasi alquanto. Fuori il vento scrosciava colla suggestionante sonorità di torrenti lontani. Nel perfetto buio, in quell'armonia selvaggia, Cassio perdeva la percezione del tempo e ricordava e sperava. Nel lettuccio, alla cui asperità le membra s'erano adattate, alitava un grato tepore, e, almeno, era cessata, col venir dell'inverno, la straziante molestia di certi animaletti rossi. Buone visioni rasserenavano l'infelice: la sonorità ondulata del vento gli delineava le care montagne lontane; la traccia del cinghiale tra le felci verdi; poi il fiume glauco, le pernici saltellanti fra gli oleandri in fiore: e fra ogni cosa tremolava il nitrito del suo puledro nero e sopra ogni cosa splendeva il sorriso di Paola.

Ma al grigio apparir del giorno la dolcezza dei sogni notturni rendeva più amara la realtà: egli avrebbe finito con lo sfogarsi morbosamente contro i tre disgraziati compagni, se un giorno non l'avessero provvidenzialmente chiamato in Direzione.

Il signor Direttore si degnava chiedergli un favore: gli avevano regalato una pianticella aromatica, un ciuffetto di filamenti duri e secchi qua e là rinverditi da microscopiche foglioline d'un'acuta e caratteristica fragranza; proveniva dalla Sardegna, e quindi chiedevasi al detenuto se la conosceva e poteva indicarla perfettamente.

Cassio immerse le sue magre e bianche dita tra i filamenti castanei e aggrovigliati della pianticella, e l'annusò chiudendo un po' gli occhi. Ebbe, dal profumo, la visione dei grandi pascoli montani del Gennargentu: un fremito di triste nostalgia gli tremò fra le sopracciglia.

- È il tirtillo - disse.

- Il tirtillo. L'avevo immaginato. Il prezioso segreto dei pascoli sardi, che dà al formaggio sardo quello speciale aroma.

Cassio accennò di sì.

- Il famoso tirtillo, - disse inoltre il Direttore, - la nuova cura per l'epizoozia.

- Conosciuta da secoli in Sardegna - disse Cassio umilmente. - Molte cose che al continente passano per scoperte sono popolarissime nell'isola.

Il Direttore non protestò. Volse le spalle e si rimise a scrivere, e tutto pareva finito, quando improvvisamente rivolgendosi disse a Cassio, senza guardarlo:

- È stata chiesta la grazia, per lei?

- Sì: da appena fu respinto l'appello in Cassazione e mi trovavo ancora nelle Giudiziarie di Cagliari.

- A chi è stata chiesta?

- Al Ministero.

- Male. Il Ministero, anche se sollecitato, non definisce mai. Spesso il detenuto ha finito il suo tempo prima che sia definita la pratica.

Cassio si rattristò profondamente.

- Bisognerebbe volgere la domanda alla Regina; si ottiene più presto.

- Perdoni - disse Cassio curvando il volto - ma si otterrà? Ma si otterrà?

- Se la domanda sarà fatta da sua sorella, si otterrà... - rispose quasi stizzosamente l'altro, e volse di nuovo le spalle, di modo che non vide il rossore del detenuto, e questi non scorse il rossore del signor Direttore.

Questa volta il discorso era finito davvero; dopo un minuto Cassio fu ricondotto nell'ufficio. Ma era già un altr'uomo: la presenza dei tre infelici compagni gli riusciva compassionevole ma non più odiosa; le sue pallide dita conservavano la fragranza aromatica del tirtillo e accostandosele alla bocca egli sentiva tutta la fresca dolcezza delle sue alte praterie soffiargli nell'anima.

E per la prima volta, forse, il Direttore fu amato sinceramente da uno dei suoi detenuti. Cassio scrisse a Paola raccomandandole di chieder la grazia alla Regina.

«La domanda puoi farla tu stessa, senza ricorrere di nuovo all'arida e venale prosa di un avvocato. Esponi le cose come andarono. Io spero, e benedico la persona che mi consigliò».

Passò anche l'inverno. Nelle albe ancora tarde ma limpidissime di febbraio Cassio tornava all'inferriata; il volto era esangue e le vene verdastre diramavano un ramo nudo sulla diafana epidermide della sua fronte, ma gli occhi brillavano di speranza. Dall'Appennino che sfumava le sue creste bianche sull'azzurro cristallino del cielo calava un gelido, ma sano odor di neve; lunghe striscie di erba d'un verde umido vivissimo solcavano il paesaggio, e nell'orto gli albicocchi si filogranavano già di gemme rossastre.

Cassio sentiva il sangue ribollirgli nelle vene, nella misteriosa attesa d'un lieto evento; tutto il preludio di quel lembo di primavera gli si rifletteva nell'anima.

Un altro uomo, libero nelle sue fredde e melanconiche stanze, provava la stessa irrequieta eppur dolce sensazione; i verdi occhi riflettevano il tenero splendore dell'erba rinascente, e una gemma vermiglia schiudevaglisi in cuore. Un giorno finalmente giunse la richiesta del Ministero sulla condotta tenuta nel Penitenziario dal detenuto Cassio Longino fu Isidoro, ecc. La relazione del Direttore fu splendida; egli ignorava per quali cause il n. 245 aveva falsificato delle cambiali, ma lo riteneva un giovine onesto, d'ottime qualità morali, signorilmente educato. Per poco non aggiungeva la qualifica che un giorno lo aveva fatto ironicamente sogghignare nelle lettere di Paola. Non lo fece, ma assieme alla relazione partì per il Ministero, diretta a uno di quegli amici burocratici che non mancano mai alle persone come il signor Longino, una lettera assai ben fatta.

Fosse o no per effetto di questa lettera, fatto sta che il decreto di grazia e l'ordine di scarcerazione arrivò ben presto; all'anno preciso in cui Cassio era giunto.

Egli fu ancora una volta chiamato in Direzione; fuori l'aria era tiepida e fragrante, il cielo d'un turchino intensissimo, quasi in color di solfato di rame: ma all'orizzonte dalla inferriata della Direzione scorgevansi lunghe linee parallele, mollemente bianche, distese su quel vivissimo sfondo; pareva una gradinata d'alabastro saliente verso ignote altezze.

Dentro, nel sole dell'inferriata, tremolavano di nuovo le vaghe ombre di lontani rami. Il Direttore sedeva al suo tavolo; ma questa volta vedendo Cassio s'alzò premurosamente. Il giovane s'avvide; e non osò formulare la stolta speranza che gli balenò nell'anima, ma sentì il cuore battergli con violenza e quasi con angoscia.

- È giunto il decreto - disse il Direttore, tenendosi fermo con una mano aperta sulle carte del tavolo.

- Il decreto?

- Il decreto di grazia.

- Per chi? - chiese Cassio affannoso.

Il Direttore s'impazientì.

- Per chi? Ma per lei! -. Poi si rallegrò dell'intensa commozione del giovine. Tanto meglio: se la cosa era così grande da sembrar impossibile; tanto più grande sarebbe la riconoscenza. Poi si rattristò della sua gioia. Se i suoi sforzi riuscivano a nulla? Se, come era da prevedersi, nell'impeto della riconoscenza Cassio gli desse speranze vane?

- Per me, per me? - balbettava il giovine. - Per me? Per quanto tempo?

- Per tutta la restante pena. È libero... cioè no, non subito, ma tra una formalità e l'altra, fra una settimana sarà libero...

Lentamente Cassio si rinfrancò: sino a quel momento aveva fissato il Direttore senza vederlo; ora cominciò a distinguerlo, a guardarlo. Vide che il volto terreo era colorito, che l'aria di sofferenza fisica era sparita dalla bocca sottile, che i piccoli occhi verdi brillavano.

Egli invece era disfatto, bianchissimo in volto e nelle mani; le palpebre livide per una fittissima rete di vene violacee gli calavano languidamente sugli occhi.

- Quest'uomo è perfetto poiché si rallegra sinceramente dell'altrui bene; io l'avevo mal giudicato - pensò. Ma poi si chiese: - Perché?

Il perché lo seppe ben presto.

Il Direttore lo pregò d'accomodarsi; gli porse il decreto e profittò dell'istante in cui Cassio pareva più assorto nella contemplazione della firma del Re, per cominciare.

- Ora avrei da comunicarle un'altra cosa. Mi ascolti e non mi giudichi male. Attendevo da molto questo giorno, e la cosa mi pareva facile; ora m'accorgo invece che ho bisogno di gran coraggio, io, e lei di grande indulgenza per intenderci -. Un sorriso triste gli sfiorò le labbra, ridonandogli quell'aria sofferente che caratterizzava il suo volto. Cassio lo guardò un po' stupito, ancor confuso della sua gioia, ma già abbastanza padrone di sé. L'altro capì che si lasciava sfuggire il momento ottimo e s'affrettò: e nonostante i suoi sforzi interni la voce tremava alquanto.

- Non so come esprimermi per farle comprendere intensamente ogni cosa; ma ella è abbastanza intelligente, ella capirà lo stesso. Senta. Mi sono adoprato a tutta possa per farle ottenere quel pezzo di carta lì, - indicava col dito il decreto, e Cassio, seguendo la direzione del dito chinò gli occhi sulla carta, - e anzitutto lo feci perché sentivo che la meritava. (- Sa egli la mia storia? - chiese a sé Cassio, sentendo che i suoi meriti in carcere eran stati ben pochi). Non le chiedo alcun ringraziamento, ed anzi mi spiacerebbe immensamente se, su quanto sto per dirle, influisse per nulla il sentimento di riconoscenza. Desideravo parlarle come a gentiluomo: (- Diavolo! Che mi creda anch'egli un gran signore e voglia chiedermi del denaro? - pensò Cassio. - Non faccio torto alla mia riconoscenza; ma cosa egli vuole da me?) come a gentiluomo e uomo libero, appunto perché la domanda che sto per farle venga svolta da pari a pari. Ella ora è libero, e quindi padrone di accoglierla come più crederà conveniente.

- Parli - disse l'altro con impazienza quasi dolorosa. - Tutto ciò che sta in me...

- Non so se sta in lei; ad ogni modo...

- Dica, dica...

- Senta, e, le ripeto, non mi giudichi male, non mi pigli per matto. Leggendo le lettere di sua sorella ho intraveduto in essa una così buona e nobile creatura che... (- Oh, Dio mio, o Signore! Egli se ne è innamorato! - gridò Cassio fra sé, e tornò a veder buio) me ne innamorai. Non sorrida di me; son giovine ancor io...

Oh, no Cassio non sorrideva:

- Le ha scritto? - chiese rudemente.

- No, non si offenda; non mi sono permesso tanto. Solo a lei...

- Ma è impossibile, ma è strano, ma è impossibile! - proruppe Cassio come parlando fra sé, battendo un pugno sul decreto steso sul suo ginocchio. La carta frusciava e strideva.

- Pare impossibile davvero, eppure è così; è un fatto strano, ma non è la prima volta che accade. Tant'è, signor Longino. La mia domanda è seria. Può sua sorella accettarla?

- Quale domanda?

L'altro pensò: - Questo giovine è troppo commosso; forse ho fatto male a parlargli subito; è troppo tutto in una volta.

- La mia domanda di matrimonio.

Cassio non rispose subito: fece uno sforzo, si dominò; tornò a veder chiaro, tornò a fissare il Direttore e lo vide come in passato pallido e sofferente e brutto. E nel suo immenso affanno calò una stilla di conforto. - Ella non lo accetterà - pensò.

- Ma, - domandò, - ha ella ben riflettuto? Ha scritto al mio paese, ha assunto informazioni? In simili casi...

- Non ho scritto: a che pro? Sapevo sua sorella signorina, giovine e buona: non volevo di più. Io sono così solo.

- Ella è troppo, troppo buono. Son io che ora non so esprimerle la mia riconoscenza. Non abbia timore di non esser compresa: la comprendo benissimo e ammiro il suo animo. La sua domanda mi onora altamente e per me... se stesse in me... Ma le assicuro, farò di tutto. Speri.

Si sollevò, arrotolò con le dita esangui la carta del decreto, guardandola con occulta amarezza: e dominò la piccola persona del Direttore che gli si avvicinò tendendogli la mano e ringraziandolo. Chiese di poter rientrare nella cella e di spiegargli la branda; gli fu concessa ogni cosa. E si gettò sull'ispido giaciglio gemendo. Paola non era sua sorella, ma sua fidanzata. Per lei aveva spezzato il suo onore, compromesso tutto il suo avvenire, rotto ogni relazione con la famiglia. Ella sola gli restava, e pietosamente eraglisi finta sorella per potergli scrivere. Doveva ora perderla? Egli era povero oramai e disonorato: l'altro occupava una splendida posizione sociale, era buono e di nobile cuore. Aveva egli il diritto di togliere a Paola una possibile felicità? Egli le aveva sacrificato il suo onore e quasi due anni di libertà: ma il sacrifizio non era chiesto da lei e non era giusto che egli in cambio le chiedesse tutta la vita. Ad ogni modo ella sarebbe stata arbitra; - e in fondo egli sentivasi sicuro di sé, - ma lo opprimeva il dolore di avere ingannato e d'ingannare ancora quell'uomo stranamente buono e nobile.

- Io gli dirò tutto, avvenga che può - pensò sollevandosi dopo lunga ora d'affanno; ma ritto che fu, il suo buon proposito sparve.

- No, non dirò nulla. Ha egli il diritto di sapere? No. Gli scriverò dal mio paese; dopo tutto egli ha operato il bene per conto suo, per egoismo. I suoi occhi felini non mi rassicurano; ora potrebbe farmi qualche torto.

Ma poscia si vergognò del suo dubbio; urlò fra sé:

- Sarei vile? - e s'aggirò nella cella come belva rinchiusa.

Fermandosi presso l'inferriata rivide le nuvole bianche e diafane stese ancora all'orizzonte; conservavano tuttora l'illusione d'una scalinata d'alabastro conducente ad altezze ineffabilmente pure, ma i vaporosi gradini si erano assottigliati e illuminati; sembravano profilati d'argento e svanivano e degradavano con indicibile dolcezza. Cassio fissò gli occhi lassù, pensando con profonda nostalgia alla patria lontana; e improvvisamente si sentì buono e puro come se si trovasse nell'alta luce dell'estremo di quei gradini e al di là e al di sotto dei suoi sguardi si stendessero le dolci terre natie. Pensò:

- Senza di lui io dovrei per altri lunghissimi mesi languire qua dentro: forse ne morrei o commetterei qualche pazzia. Gli dirò tutto, avvenga che può.

Aspettò ansiosamente l'ora di ricomparirgli davanti, e quando poté vederlo gli disse con voce ferma:

- Senta, signor Direttore, ho ben riflettuto su quanto stamattina si degnò comunicarmi.

- Benissimo - rispose l'altro mentre pensava la parola contraria.

- Prima di riparlarne, giacché è necessarissimo riparlarne, mi permetta dirle in poche parole come andò la strana faccenda della mia condanna. Poiché - aggiunse con triste sorriso - oso credere che Ella non mi abbia creduto colpevole come per disgrazia sembro.

L'altro stette zitto.

- Senta. Da circa dieci anni amo una ragazza del mio paese. Era ricca, ma orfana d'ambi i genitori e sotto tutela. Fu messa in collegio e anch'io stetti lunghi anni assente dal paese. Al ritorno seppi che benché avesse raggiunto l'età maggiore, ella, la povera fanciulla, tornata pure essa in paese, giaceva sotto l'opprimente tutela dello zio che la maltrattava e s'impossessava di tutto. La ridusse povera; la teneva chiusa e le minacciava orribili cose. Io giunsi tuttavia sino a lei e in cambio del suo amore le promisi ridonarle la sua fortuna e l'indipendenza. «Sposami - diss'ella - fuggirò con te». Ma siccome sul mio progetto gravava un fosco avvenire, io preferii operare liberamente. La convinsi rifugiarsi presso una famiglia amica, e quando la vidi al sicuro operai. E sa cosa feci? Forse se lo immagina; falsificai la firma del tutore e siccome egli, ricchissimo, era conosciuto e aveva credito illimitato, ottenni molto, in paese e fuori. Acquistai al nome della fanciulla terre e rendita, e attesi. Alla scadenza fu nota la colpa; io speravo romanticamente di passare per un eroe; invece fui preso, condannato, vilipeso: i miei pochi beni andarono in aria, la mia famiglia mi rinnegò. Ella sola mi resta, ed essa, signor Direttore, è Paola.

Il signor Direttore stette ancora zitto. Che poteva dire? Tutto ciò che sentiva, la storia di Cassio unita alla sua, pareva una cosa inverosimile; eppure era dolorosamente vera, Cassio parve seguirne il pensiero.

- È strano, non è vero? È inverosimile. Se venisse narrato non sarebbe creduto.

- La vita è così, - disse l'altro, lentamente, guardandosi le unghie delle dita ripiegate, - il destino ha infinite trame misteriose.

- È rassegnato - pensò Cassio, e azzardò un'altra considerazione:

- La vita è spesso un terribile romanzo.

Ma guardando bene il Direttore vide così straziante sul suo volto l'abituale aria di sofferenza, che tornò di botto al pensiero che l'aveva ricondotto là dentro.

- Volevo dirle, ecco; nonostante tutto, io farò di tutto per dimostrarle la mia gratitudine.

- Che dice, lei?...

- Mi lasci dire. Avevo il dovere di spiegarle come in realtà stanno le cose; però giacché Ella è stata tanto buona con me le dò la mia parola di gentiluomo che farò di tutto...

- Che dice, che dice... - ripeteva l'altro, e intanto pareva intento non alle parole di Cassio, ma a voci lontane.

- Dopo tutto, Paola sola è arbitra; io mi comporterò come se davvero fossi fratello, null'altro che fratello.

- Ma no! Ma no! Che dice mai!

- Anzi, se ella desidera, posso scrivere oggi stesso; aspetteremo la risposta. Giacché, veda, secondo questa risposta è poi inutile ch'io faccia ritorno al mio paese.

- Che dice! - ripeté il Direttore, ma ora la sua voce vibrò cosciente. Si guardò l'unghia del pollice eretto sul pugno stretto, poi sollevò gli occhi e cercò lo sguardo di Cassio.

- Ella non scriverà: ella tornerà al suo paese, ed io le auguro ogni miglior felicità, dal profondo del cuore. Scusi, sa, ma chi poteva pensare? Ella ha ragione; la vita è un terribile romanzo...

Cassio insisté. Lo lasciasse scrivere; era un favore ch'egli stesso gli chiedeva. Vedrebbe. La sua gratitudine era senza limiti, e prima dell'amore era in lui più forte il dovere. Paola sarebbe certo più fortunata col Direttore che con lui, ed egli doveva sopratutto voler il bene e la felicità di lei.

L'altro lo ascoltò pazientemente; a momenti una vivida luce gli brillava negli occhi, ma fu irremovibile.

- Senta - conchiuse dopo aver ringraziato Cassio - se il suo dovere è di credersi riconoscente verso di me e generoso verso la signorina, il dovere di questa, oramai, è di renderla felice e ricompensarle ogni sacrifizio.

- Pure...

- Favorisca... mi lasci finire. Se la signorina operasse altrimenti non sarebbe più la nobile e ottima creatura ch'io sognai... E la mia domanda non avrebbe più ragione d'esistere... Mi capisce? Ho sì o no ragione?

Cassio non rispose né sì né no: il Direttore s'avvicinò all'inferriata. E due supremi sentimenti dilagarono nell'anima dei due uomini: Cassio si sentì felice, e il Direttore pensò amaramente che, in ogni caso, il suo sogno era inesorabilmente perduto.

L'ASSASSINO DEGLI ALBERI

Vivevano una volta ad Orune, fierissimo villaggio sardo posto su un'alta montagna, e famoso per le sue inimicizie, due amici, uno povero e l'altro benestante.

Il povero si chiamava Martinu Selix, soprannominato Archibusata (Archibugiata), forse perché usava moltissimo questa parola come intercalare. Del resto non pareva d'istinti feroci, e l'archibugio egli non poteva usarlo, perché era tanto povero da non potersene procurare uno col relativo porto d'arma. Faceva il contadino, seminava molto grano, era giovine, forte, di colorito acceso, con nerissimi occhi torvi e sospettosi.

Sarvatore Jacobbe, il benestante, era invece una specie di piccolo possidente, vestito in costume, ma con giacca di velluto. Aveva tratti signorili, e quando viaggiava portava la polveriera attaccata a un grosso cordone di seta nera. Possedeva bestiame, cavalli, cani, due servi, un gran tratto di terreno piantato a vecchi ulivi ed olivastri; aveva una bella sorella e molta presunzione.

Tutti dicevano:

- Martinu Selix si crede qualche cosa perché va in compagnia di Sarvatore Jacobbe. Si crede forse che gli dà la sorella per isposa!

Ma Archibusata non ci pensava neppure. Faceva dei servizi delicati all'amico; qualche volta, quando questo era a Nuoro, per affari, o si trovava occupatissimo per le elezioni, Martinu andava all'ovile, guardava se il servo pastore faceva il suo dovere, se le cose andavano bene, e infine rendeva cento altri piccoli servigi. Egli non ne provava alcuna umiliazione, sebbene la bella Paska lo riguardasse quasi come un servo, e lo mettesse spesso in caricatura.

Le donne d'Orune sono belle, superbe, strane, argute, dotate di selvaggia intelligenza. Parlano in modo meraviglioso, un linguaggio caldo, arguto, pieno di immagini fantasiose; fingono entusiasmo, ira, meraviglia per molte cose; hanno camicie ricamate, corsetti gialli, occhi profondi e bui come la notte. Ballano volentieri, siedono per terra all'orientale, e implorano terribilmente vendetta dal cielo contro le terrene offese.

Il padre di Paska e di Sarvatore, per esempio, era morto in reclusione, condannato, Dio ci liberi, per omicidio. I figliuoli naturalmente dicevano ch'egli era innocente, e ogni anno Paska, per il funereo anniversario rinnovava la ria, piangendo, strappandosi la cuffia, cantando funebri versi estemporanei: inoltre mandava uno scudo a Nostra Signora di Valverde perch'Ella castigasse tremendamente coloro che testimoniando il falso avevano fatto condannare il defunto.

Paska era ambiziosa e presuntuosa quanto il fratello. Da bambina, secondo il costume del paese, era stata fidanzata ad un uomo tanto ricco quanto maturo. Venuto però in bassa fortuna il fidanzato, la maliziosa bimba non aveva più voluto sentir parlare di matrimonio. Ora chi sa ciò che ella sognava, quando seduta sui calcagni, sul lucido pavimento della chiesa, agitava lievemente le labbra di melograno, con gli occhioni smarriti in alto, tra i rozzi affreschi della volta.

Era alta e flessuosa, con un rigido profilo bronzino. Sembrava una madonna di bronzo. Gli uomini anche i più benestanti temevano farle la corte: figuriamoci quindi se Martinu Selix osasse neppure guardarla in viso. Egli non lo diceva, ma le era anzi antipatica. Come tutte le donne benestanti di Orune, paese dedito alla pastorizia, Paska sapeva fare a perfezione i formaggelli, il burro, sas tabeddas, le treccie e tante altre cose che si plasmano col formaggio di vacca passato al fuoco. Ora, un giorno Martinu la trovò seduta per terra, accanto al focolare, facendo formaggelli. Per un po' stette a guardarla freddamente, tossendo e raschiando con famigliarità; poi, non sapendo cosa altro dire, si provò a criticarla sul modo con cui ella terminava i formaggelli, indugiandosi cioè a intagliare o un pulcino o una lepre nella loro estremità.

- E via, date un colpo così e così, e lasciate di perder tempo a far quelle minchionerie, ché tanto tutto vien masticato! - egli disse.

Ella arrossì e rispose superbamente:

- Cosa ve ne intendete voi? Già! Dalla esperienza fatta sul vostro formaggio!

Allora toccò a Martinu arrossire. Con quelle parole Paska gli buttava in faccia la sua povertà.

- Archibugiata! - gridò fra sé. - Se un'altra volta mi parla così la prendo a schiaffi, com'è vero Cristo!

E se ne andò offeso e mortificato.

Ora avvenne che Sarvatore pensò d'innestare tutti gli ulivastri e i vecchi ulivi del suo incolto chiuso.

Voleva farne un bel podere. Era nella vallata dell'Isalle, vicino a questo fiume, un luogo ubertosissimo e bello quanto mai.

Sarvatore fece le cose nel modo splendido con cui i possidenti del Nuorese usano far l'innestatura. Invitò cioè tutti i suoi amici contadini e gli uomini più capaci d'innestare. Tutti prestano gratis l'opera loro, ma in ricambio godono una bellissima giornata, piena di canti e di pasti abbondanti: più che giorno di fatica può dirsi una festa bucolica, nel doppio senso della parola. Anche i pastori prendono parte alla cerimonia; e un poeta latino, - dato n'esistesse ancor uno, - potrebbe trarre una amenissima egloga da questa festa.

Nel giorno convenuto gli amici di Sarvatore Jacobbe vennero tutti al chiuso, a cavallo, con donne in groppa. E vennero i pastori del padrone, con pecore ancor vive stupidamente legate alla sella, e formaggio fresco entro le bisaccie.

In breve i fuochi furono accesi sotto i vecchi ulivi grigi e il fumo salì in gloriose colonne su per l'aria profondamente azzurra.

Maggio rideva nella valle: i cavalli frangevano con le loro corse le altissime erbe, i grani ondulavano argentei in lontananza, gli oleandri curvavano sulle acque verdi del fiume i ciuffi dei loro bottoni di cupo corallo. E calde fragranze passavano con la brezza.

I pastori facevano un po' di tutto. Aprirono qualche alveare, traendone il miele caldo e giallo come oro liquefatto: scannarono le pecore, le scuoiarono, tirandone giù la pelle che si separava azzurrognola dal corpo roseo ed ignudo delle bestie; cucinarono i sanguinacci fra la cenere ardente, e arrostirono le carni su lunghi spiedi di legno, scherzando e ridendo con le donne che li aiutavano.

Paska era naturalmente la regina della festa. Le altre donne, che le stavano intorno come ancelle, non le lasciavano far nulla; ma ella presiedeva, con l'alta persona bizantina che ogni tanto fremeva come gli esili giunchi del fiume.

E un po' sparsi da per tutto, i contadini segavano attenti, quasi con religione, i contorti ulivastri ed i vecchi olivi. Pietro Maria Pinnedda, il famoso innestatore, andava da un gruppo all'altro, guardando coi suoi grandi occhi grigi e maligni. Il suo volto era acceso; un principio di barba gialla gli dorava le guancie.

Infilzata la marza sul tronco reciso, giallo e fresco, lo si attorcigliava strettamente con un tralcio di vincastro; poi lo si ricopriva di terriccio impastato, sul quale il fiero dito di Pietro Maria, dopo aver ben palpato e premuto intorno alla marza, segnava una croce, augurio e preghiera di buona riuscita.

Alla marza infine s'infilava un piccolo triangolo di foglia di fico d'India, fresco cappuccio contro gl'incipienti e fecondi ardori del sole. Così d'albero in albero, le chiome selvaggie degli ulivastri rotolavano sulle alte erbe fiorite, e gl'innestatori parlavano di banditi, di negozî, d'alberi, di donne e di storie passate. Salivano le alte voci sonore, qualche canto bizzarro, che sembrava il grido selvaggio di un'anima che piangeva cantando, svaniva lontano, fra gli alberi, sotto i quali l'erba serbava una larga ruota di frescura più intensa; svaniva nei silenzi della valle, nel fiume, al di là del fiume. E le zucche arabescate, colme di vino rosso, circolavano, riscaldando vieppiù il sangue di quei fieri uomini dai denti splendidissimi, dalle vesti aspre e scure.

Martinu Selix prestava a tutti aiuto: rideva mostrando tutti i suoi denti stretti, sembrava felice: pareva il sopraintendente di Sarvatore, il quale non faceva nulla, con le mani incrociate sulla schiena e il volto sorridente.

Qualcuno degli invitati restava urtato dai modi troppo padronali del Selix: specialmente Pretu-Maria Pinnedda lo fissava spesso con uno sguardo metallico e iroso.

Il giovinotto rosso dai grandi occhi grigi e maligni era innamorato di Paska, e provava gelosia dell'amicizia che Sarvatore concedeva al Selix. L'aria di padronanza presa in quel giorno da Martinu lo urtava più che mai, e per urtare Pretu-Maria bastava un soffio d'aria. Già due volte s'eran dette parole aspre, causa il modo di stringer il vincastro. Martinu diceva:

- Non occorre stringerlo molto.

E l'altro asseriva il contrario.

Parlando di Paska, un momento che Sarvatore era lontano, uno disse scherzando, non senza ironia:

- La mariteremo a Martinu Selix.

- Archibugiata! - egli rispose con un fiero lampo negli occhi. - Ti pare una cosa impossibile?

- Archibugiata - disse l'altro. - Tutto è possibile in questo mondo.

Martinu scrollò le spalle come per dire: - Se volessi!

Pretu-Maria arrossì di collera, ma non disse nulla perché l'argomento gli cuoceva troppo, e capiva che parlavano così in sua presenza per farlo stizzire.

- Se voi siete furbi come l'aquila, io lo sono come la volpe! - pensò.

Ma un momento prima del pranzo, non sapendo come meglio rinnovar a Paska le sue dichiarazioni, le disse con finta amarezza:

- Ora so perché non mi volete.

- Perché, avoltoio senza barba? - chiese ella, degnandosi di guardarlo.

- Perché avete idea di pigliarvi Martinu Selix.

Ella gettò un acuto grido, uno di quei caratteristici gridi che solo le donne d'Orune sanno fare.

- Chi ve l'ha detto?

- Lui stesso.

- Menzogna.

- Che mi sparino se non è vero!

E ripeté il dialogo, aggiungendovi qualche cosa di suo.

Paska si fé buia in volto, e fu per strapparsi la cuffia in segno di umiliazione e di dispetto.

Soddisfatto discretamente, Pretu-Maria la pregò di tacere, di non far scandalo; ma ella, irritata sul serio, prese a dileggiare apertamente Martinu anche durante il pranzo.

Seduti in circolo, per terra, i convitati mangiavano su taglieri di legno e su pezzi di sughero: per posata portavano i coltelli affilati e niente altro. Più che il vino, il miele, raffreddatosi ma non del tutto, condiva il pranzo, in esso immergevano le bianche fette del formaggio fresco, il formaggello arrostito, le lattughe, il pane e persino la carne. Molti lo mangiavano senz'altro, succhiandone tutta la dolcezza e sputando lontano la cera masticata.

Allegri discorsi guizzavano da un capo all'altro; risate sonore vibravano nel rezzo dei vecchi ulivi. A nord e ad oriente le montagne azzurre sfumavano nel dilagare azzurro del fulgido meriggio.

A un tratto tutta l'allegria cessò: una maligna nuvola passò sul lieto convito. Paska diceva, rivolta a Martinu:

- Lo vedete il conte d'Artea, che vuole una dama per moglie! Peccato che ad Orune non ce ne sia!

Martinu, che finora aveva risposto con calma agli scherzi salati di Paska, finì con l'irritarsi, tanto più che il vino lo rendeva più ardente e sospettoso del solito.

- Lasciami in pace, Paska, che io non ti sto cercando. Lo so bene che sono un mendicante, ma una donna migliore di te posso ben trovarla.

- Eh, sicuro! Nostra Signora di Valverde ci aiuti! Donne come me tu non ne vuoi. Le vuoi... come te stesso...

- E chi sei tu? Perché hai due soldi da spenderti? Archibugiata! Ma sta attenta: il mondo è una scala. Chissà che i figli miei non possano far l'elemosina ai tuoi!

Paska diventò rossa come lo scarlatto che orlava la sua gonnella. Disse:

- Per ora posso farla io a te!

Martinu sbatté a terra, violentemente, una piccola tazza di latta piena di vino, che teneva fra le mani, e gridò un insulto contro la fanciulla.

- Martinu! - urlò Sarvatore.

- Non m'importa nulla di te! E di nessuno m'importa! - gridò Martinu, con gli occhi verdi per l'ira. - Siete tanti cani rognosi! Non dipendo da te, Sarvatore Jacobbe, e forse tu dipendi più da me, che io da te. Non ti devo nulla! Non ti devo né pane né grano né denaro; e tua sorella può far a meno di rinfacciarmi la mia povertà. Povertà non è viltà, Sarvatore Jacobbe, povertà non è viltà. Ma se credi che la mia amicizia possa farti disonore, posso ben...

- Tu sei ubbriaco.

- Ubbriaco sei tu.

- Rognoso!

- Rognoso sei tu.

Basta; ne nacque una disputa fierissima, e per poco macchie di sangue non s'unirono alle chiazze del vino che profanavano l'erba. I due amici si rinfacciarono cose fino allora ignorate dagli astanti; e le loro fronti arsero di rossore, non si sa se più per la collera o per la vergogna.

Le donne strillavano. Bianca per terrore, Paska si pentiva delle sue parole, e con modi insinuanti cercava smorzare il fuoco da lei acceso. E il fuoco fu spento; gli amici parvero anzi riconciliarsi, e Martinu, che voleva andarsene, rattenuto a viva forza, rimase; ma non alzò più i suoi torvi occhi sul volto di Sarvatore; e questo se ne stette in un canto, sinceramente mortificato per lo scandalo dato.

Si riprese a innestare. Pretu-Maria aveva l'aria d'un uomo vittorioso; ma anche Martinu rideva di tanto in tanto, forzatamente, a misura che i tronchi innestati venivano marcati col segno della croce.

Due giorni dopo Martinu Selix partì per la festa di San Francesco di Lula. Partì sul far della sera, a piedi, a testa nuda: così era il suo voto. La notte lo colse in viaggio: allora il pellegrino cambiò direzione e invece di proseguire verso San Francesco, scese verso l'Isalle e s'appostò fra gli oleandri. A notte alta, mentre la sacra rugiada del cielo pioveva sulla dormiente natura, e l'acqua del fiume rabbrividente rifletteva la gran pace arcana della luna al tramonto, e più distinti salivano i profumi dei giunchi, Archibusata compié la sua terribile vendetta senz'arma. Strappò le marze dagli alberi innestati con tanta cura e religione.

Ma nel rivarcare il muro, un uomo gli si rizzò inesorabile davanti; e nel pallido albore lunare brillò la canna d'un fucile.

- Io lo sapevo, faina maligna! - gridò Sarvatore Jacobbe. - Ora potrei ammazzarti come un cane, ma ti farò qualcosa di peggio.

Tre uomini uscirono dai roveti.

- Voi avete veduto - disse loro Sarvatore. - Questo pellegrino noi non lo uccideremo, non è vero, e non lo denunzieremo neppure, non è vero? Martinu Selix, tu mi servirai gratis, tu mi farai il servo per altrettante settimane quanti alberi hai assassinato.

La strana sentenza echeggiò potente nella gran pace rorida della valle. Martinu Selix proseguì il suo pellegrinaggio; ma al ritorno entrò come servo in casa dei superbi Jacobbe, e per tre anni subì il suo castigo morale e materiale.

ZIA JACOBBA

Questa che parrà una storiella da focolare (così noi chiamiamo le fiabe), è invece una storia vera, accaduta in un villaggio della Baronia di Sardegna.

Quando avrò detto che ai tempi di Tolomeo questo villaggio, - ora fra i più miseri del Nuorese, - era fra le città più opulente delle colonie romane, forse ne saprete qualche cosa.

Quando aggiungerò che il nostro governo ha già messo all'asta quasi tutte le case e i terreni di questo villaggio, per l'imposta che i miseri abitanti non riescono a pagare, voi che nei giornali avete letto la strepitante notizia di un comune sardo messo all'asta, ne saprete quanto me.

Questo accade però: si fa l'asta; vengono espulsi gli abitanti coi loro stracci, che restano più o meno sulla via. Nessuno si presenta all'asta e tanto meno alla subasta; cosicché gli stabili vengono aggiudicati al demanio. Si fa egregiamente e regolarmente ogni cosa, ma appena i funzionarî hanno terminato la cerimonia e se ne sono andati, gli espulsi rimettono entro le case, - che hanno aperture poco solide, - le loro mobilie, e tornano ad abitarvi tranquillamente, in barba al demanio che non se ne accorge o non vuole accorgersene.

Lo stesso avviene delle terre: i proprietarî continuano a coltivarle senza essere più molestati dal commissario; talché molti finiscono col lasciarsi subastare i terreni per non pagare più imposte, che, a dir la verità, sono superiori alle rendite.

Così la buona parte degli abitanti sarebbe pressoché felice, - liberatasi dall'incubo dell'esattore, - se le piene, il sole, e sopratutto la malaria non facessero le vendette di quel flagello dell'umanità, chiamato elegantemente "messo erariale".

Della miseria poi non si parli. In primavera molti Baroniesi tolgono le tegole dai loro tetti e le vendono a Nuoro: riusciranno nel prossimo inverno a ricoprire la loro stamberga? Quesito difficile a risolversi; per cui lo lasciamo lì.

E tutto questo sia detto per l'ambiente.

Ora, fra le catapecchie espropriate nel '93 c'era quella di zia Jacobba Varche. Messa tre volte all'asta per L. 3,72, e nessuno presentatosi, il gran palazzo restò al demanio. Nel frattempo zia Jacobba era stata a Nuoro; al ritorno si diresse senza esitare alla dimora già sua e vi rientrò tranquillamente. Tranquillamente per modo di dire, giacché zia Jacobba aveva la morte nel cuore. Un continuo fremito di tristezza le scomponeva la povera faccia gialla.

Ma il suo dolore era causato da ben altra disgrazia. Sentite la storia di zia Jacobba Varche.

Ella era una povera donna, misteriosa e bizzarra, sulla cinquantina. Come quasi tutte le povere donne della Baronia, soffriva le febbri miasmatiche, tanto più che passava le giornate nelle paludi, tra le verdi acque stagnanti, pescando sanguisughe. Pescando per modo di dire; perché tuffava le gambe nell'acqua malefica, aspettando che le sanguisughe vi si attaccassero ferocemente. Ella poi si curvava, staccava dalle sue povere carni lo schifoso animaletto e lo introduceva a viva forza entro un'ampolla verdognola, a metà colma d'acqua.

Dopo la morte del marito, zia Jacobba e Chianna (Lucia Anna), la sua piccola figlia, vivevano di questo mestiere. Con l'ampolla verdognola entro cui le sanguisughe s'allungavano e restringevano continuamente, la povera donna recavasi a Nuoro e nei villaggi. Chianna intanto, nella casetta nera, filava del lino con un fuso più lungo di lei, e dava attenzione al porchetto e alle galline.

Siccome il porchetto litigava spesso con le galline, le quali a dire il vero erano molto impertinenti e gli beccavano le mosche persino negli occhi, Chianna, dopo avergli dato da mangiare, lo metteva entro un sacco, ridendo delle sue strida. Le galline si disponevano in circolo, guardavano l'agitato sacco con un solo occhio, tondo, fisso, rosso, e parevano ridere anch'esse. Qualcuna poi starnazzava le ali, camminava lesta lesta, facendo un certo picchiettìo coi suoi passettini, e andava a beccar le mosche proprio sul sacco. Il porchetto raddoppiava le sue strida; Chianna ritornava a filare cantando.

Ritornando zia Jacobba trovava il paiolino che bolliva, il suolo spazzato, il porchetto quieto entro il sacco, le galline sedute a far le uova, e Chianna che filava cantando.

La benedizione di Dio era in quella povera casetta nera: la caffettiera non mancava ogni giorno di saltar ballando sul focolare.

Zia Jacobba si sentiva felice, nonostante le sue febbri, alle quali infine c'era avvezza. Ogni volta che ritornava dalle paludi o dai suoi viaggi, provava una indicibile gioia rivedendo Chianna, e le copriva la testina di baci, chiamandola la pulcina dalla cresta d'oro, oppure la sua santina d'argento. Infatti il visino della piccina rassomigliava a quello di certe madonnine pisane che s'incontrano in qualche vecchia chiesetta sarda.

Zia Jacobba invece era molto brutta, vieppiù deformata dalla febbre che le gonfiava lo stomaco. Il suo corsetto di velluto nero, poi, sembrava coperto dal fango verdastro delle paludi; e le sue babbuccie di cuoio, non conservando più né forma né colore, dicevano lo strazio delle lunghe leghe percorse sulla polvere marmorea degli stradali, sotto il crudele cielo di acciaio azzurrognolo, luminosamente cinereo nelle ardenti lontananze.

Le vicine volevano bene a Chianna, ma parlavano male della madre, e dicevano strane cose sul suo conto. Il fatto era questo: zia Jacobba era linguacciuta e guardava tutti con gli occhi torvi. Ora, siccome l'amore si ottiene solo a forza d'amore, zia Jacobba non ne otteneva punto.

Per fortuna poteva campare sul suo; altrimenti nessuno le avrebbe dato un sorso d'acqua. Tutte parlavano male di lei: e dicevano che avesse relazioni col diavolo. Uhm! Questo è nulla, perché veramente qual è la donna che non ha relazioni col Maligno? Ma si diceva anche, - e questo era il più, - che zia Jacobba avesse relazioni personali con gli spiriti delle rovine di Castel Roccioso, fra le quali, a quanto pare, vivono ancora le anime delle antiche baronesse e dei rispettivi baroni.

Diceva zia Sebia (Eusebia), quell'anima perduta, che più che aver relazioni col diavolo gli aveva venduto l'anima, quella donna alta, scarna, con gli occhi verdi e le labbra grosse sporgenti, che stava in fondo al vicinato:

- Quando comare Jacobba fa vedere d'esser a Nuoro o in casa del diavolo, per vender la sua pesca, è invece al castello, facendo la serva a loro, lavandoci i panni, portandoci le legna ed altre cose ancora.

Zia Jacobba, però, poco si curava delle cattive lingue. La felicità di casa sua era superiore ad ogni cosa. Chianna era tutto il suo mondo; fuori di Chianna non c'era per lei altro al mondo.

Ora avvenne una cosa tremenda. Chianna buscò le febbri: anche il suo visetto di smalto antico si deformò, anche il suo piccolo stomaco si gonfiò, quasi un mucchio di rane palustri color giunco v'avesse preso abitazione.

Un giorno le vicine videro zia Jacobba e la piccina avviarsi verso lo stradale.

- Dove andate, comare? - chiese zia Sebia.

- A Nuoro, per curare questa bambina - zia Jacobba rispose con profonda tristezza (il porchetto e le galline erano state vendute).

Zia Sebia rise con gli occhi verdi scintillanti. Come mai quelle due potevano andar a Nuoro; come potevano neppure arrivarci?

Eppure si seppe più tardi che eran salite in vettura per arrivarci, e che a Nuoro il medico visitava Chianna quasi fosse stata figlia di signori.

Lungo tempo zia Jacobba restò lontana; in modo che le nottole e i sorci davano ogni sera meravigliose feste da ballo entro la casetta. Il fuso di Chianna fu tutto rosicchiato e sul paiolino brillò il verderame. Poi l'esattore mise tre volte all'asta lo stabile, per lire tre e centesimi settantadue di imposte arretrate.

Spero vi ricorderete il resto.

Ma zia Jacobba ritornava sola perché Chianna era morta.

Il focolare era spento; la cenere sembrava polvere. Le grigie tende dei ragni tremolavano qua e là per gli angoli e sotto il tetto come i sottili merletti fiamminghi di cui deve essere adorna la Desolazione. Il sacco del porchetto era tutto trapuntato; e i sorci cominciavano già a ricamare la coperta del letto, povera coperta di lana a striscie gialle e nere, filata e tessuta vent'anni prima da zia Jacobba, per il corredo nuziale.

La povera donna pianse lungamente, finché nei suoi occhi non restò una lagrima e nella sua gola un singulto.

Non doveva esser vera la sua relazione col Maligno, perché in tal caso gli avrebbe venduto l'anima pur di riaver la figliuola.

I giorni scorrevano tetri e lenti, in una profonda miseria di pane e d'affetti.

E il dubbio che Chianna fosse morta per forza di qualche malefica magia, metteva una continua febbre nelle pupille della povera donna. I sortilegi per il danno o la morte delle persone odiate si eseguivano con statuette di sughero, flagellate di chiodi e d'aculei, e collocate in luogo sotto il quale o sopra il quale la persona presa di mira passasse. L'effetto era sicuro e terribile: per magico incanto i chiodi e gli aculei pungevano il corpo del malcapitato, causando malattia e morte. Ritrovando la magia e disfacendola, la persona poteva salvarsi; non così se non veniva ritrovata o, se ritrovata, gettata sul fuoco senza estrarne i chiodi.

Negli ultimi giorni della malattia di Chianna, qualche pia persona aveva insinuato il dubbio d'un sortilegio.

Ritornata nel suo paese, zia Jacobba pensava, più che a riprendere una vita ormai rotta e disfatta, a scoprir la malìa e vendicarsi.

Cercò sopra il tetto, sotto il suolo, nella porta, in ogni ripostiglio. Invano. Non trovò che vermi, tarli, sorci; tutte cose che, sebbene malefiche, non potevano essere magie.

Allora, insensibilmente, si avvicinò alle vicine di casa, comunicando loro il segreto ed aizzandole l'un l'altra per saper qualche cosa.

- Ha perduta la ragione - dicevano le vicine fra i loro pettegolezzi.

Ma un giorno zia Jacobba disse a più d'una, sempre in segreto:

- Se riesci ad aiutarmi ti do due scudi -. E li mostrò sulla palma della mano. Erano d'oro, rotondi e gialli come una piccolissima luna!

La notizia si sparse. E allora zia Jacobba non aveva più perduto la ragione, e le vicine si guardarono in cagnesco, e si diedero a cercar la magia con accanimento, quasi i chiodi li avessero loro sul corpo, e cominciarono a spiarsi e lacerarsi. Ma nessuna trovava nulla. E zia Jacobba si persuadeva che Chianna era morta di mal di Dio, quando un giorno venne a trovarla Pottoi (Maria Antonia), figlia di zia Sebia.

Pottoi era stata un po' amica e comare di Chianna: aveva la stessa età, ed era bellina anch'essa, coi capelli d'un biondo ardente, bruciati dal sole, e gli occhi verdi come quelli di sua madre.

- Io so chi ha fatta la magia e dove si trova - disse.

- E non potevi squarciarti prima? - gridò zia Jacobba.

- Eh, non pigliatevela con me, zia mia! Altrimenti non dico nulla.

Zia Jacobba si fece dolce e supplichevole. Allora Pottoi le fece giurare che le avrebbe dato i due scudi d'oro, e che mai avrebbe palesato chi aveva scoperto la magia. La povera donna giurò. Poi si avviarono assieme verso le paludi ove zia Jacobba soleva pescar le sanguisughe.

Pottoi raccolse la sottana fra le gambe, avanzò e scavò fra i giunchi, sui quali Chianna era passata l'ultima volta ch'era andata laggiù; e ne estrasse una statuetta che aveva le forme d'una bambina gonfia per le febbri, tutta tempestata di pezzetti di vetro e di chiodi.

- L'ha fatta zia Maria di Locula - disse a voce piana.

Zia Maria era una povera tessitrice, del villaggio di Locula, una povera donna che sembrava la più innocente creatura del mondo.

Zia Jacobba, con le mani tremanti e il volto livido, piangeva e imprecava, guardando per tutti i versi la fatale statuetta. Cercò saperne di più, ma Pottoi si chiuse in sovrano silenzio, volle i due scudi d'oro, rotondi e gialli come piccolissima luna, e se ne tornò a casa sgambettando.

L'arcano era questo: avida dei due scudi d'oro, e volendo anche non so per qual causa far male a zia Maria di Locula, zia Sebia aveva qualche giorno prima fatta e sotterrata la statuetta, mandando poi Pottoi a corbellare la povera vedova.

Tutto era andato bene; ma zia Jacobba cadde malata dal dispiacere, e Pottoi si pentì sinceramente del suo mal fare. Non potendo rimediare in altro modo, cominciò a frequentare la casa di zia Jacobba, assistendola e confortandola.

Zia Sebia bastonava la piccina, ma ella andava lo stesso dalla sua vecchia amica: le spazzava la casa, faceva il fuoco, portava l'acqua. A momenti zia Jacobba credeva veder Chianna risuscitata, e tanto si affezionò alla ragazza che l'idea di adottarsela per figliuola la riconciliò con la vita. Appena poté, cominciò le pratiche presso zia Sebia; ma la sua proposta fu respinta con orrore.

Diceva zia Jacobba, con profonda convinzione negli occhi:

- Datemi Pottoi, comare; vedrete che non ve ne pentirete, comare.

Ma zia Sebia aveva un maligno splendore verde negli occhi, e per poco non bastonava la povera donna. L'idea che Pottoi poteva render felice quella disgraziata dava una vertigine di rabbia al suo perfido cuore.

- Ed io fuggo! - disse Pottoi.

La madre le diede una batosta numero uno, e poi la mandò serva a Nuoro. Zia Jacobba non la rivide mai più. L'assenza di Pottoi, a cui s'era tenacemente affezionata, la fine della sua nuova speranza, e le ingiurie ricevute da zia Sebia, furon per lei il colpo fatale. La febbre l'assalì ferocemente: tutto l'inverno passato ella restò a letto, invocando la morte, che venne a trovarla verso i primi d'aprile di quest'anno.

Una sua miserissima cugina, che negli ultimi giorni penosi l'assisté per amor di Dio, trovò fra la stoppia del saccone del letto una scatoletta piena di quei doppi scudi d'oro, rotondi e gialli come piccolissime lune. Questa fortuna colossale, per quanto misteriosa, le permette di sposare un bel giovine, che alla luce di quelle piccole lune non vuol vedere che la sposa è sdentata e discretamente calva per i suoi cinquant'anni.

Zia Sebia dice ch'è denaro del diavolo, e dicendo così gli occhi suoi sembrano di vitriolo; ma intanto si rode notte e giorno i pugni e muore di dispiacere.

DONNA JUSEPA

- Bakis, - disse zia Antonia, appena suo marito, che tornava di campagna, fu seduto accanto al fuoco, - don Antine ha mandato a chiamarti due volte.

A queste parole Bakis Fronte si drizzò come una canna, aggrottando le grosse sopracciglia grigie.

- A che ora? - domandò.

- Di mattina e di sera.

- E che hai tu risposto?

- Per l'amor di Dio, cosa tu volevi che rispondessi? Che appena tornato dall'ovile te lo avrei detto.

Zia Antonia restò accoccolata accanto al fuoco, ma senza farne le viste seguì con sguardo sospettoso ogni movimento del marito e quando questo uscì fuori imprecando, ella singhiozzò piano piano, nascondendo il viso pallido e rugato fra le mani. Facendo un gran chiasso sull'antico selciato, coi suoi scarponi ferrati, zio Bakis scese rapidamente il lungo viottolo precipitoso che dalla sua catapecchia, posta in cima al villaggio, conduceva sino alla chiesa. Poi percorse altre due stradicciuole buie, perfettamente silenziose, e andò a batter il muso contro la casa di don Antine. Una casa nera, circolare, con finestre piccole, irregolari, munite di inferriate e di persiane a lamine di ferro. S'udiva solo il cigolio dei fumaiuoli sul tetto, scossi dal vento notturno; ma appena zio Bakis batté fortemente al portone, cinque o sei cani abbaiarono con diverse voci rauche, sonore, nell'interno, e tutta la casa parve scossa da un fremito.

- Chi è? - gridarono dall'interno.

- Sono io.

- Chi tu?

- Io Bakis Fronte. C'è don Antine?

La serva aprì e gli sorrise dicendo:

- Che il diavolo ti scortichi; c'è bisogno d'atterrare il portone per farti aprire?

E lo introdusse in una sala quadrata, a volta, sulle cui pareti gialle spiccavano certi mobili antichi, di quercia, rozzamente intagliati.

- E... Jusepa? - domandò zio Bakis, guardando acutamente la serva.

- È di là - ella rispose, voltandogli le spalle. Egli la seguì con lo sguardo; gli parve dal moto degli omeri, che ella ridesse, e ne provò una collera sorda, impotente. Poco dopo entrò don Costantino, in babbuccie rosse, in papalina rossa.

- Buona notte, Bakis - disse con indifferenza: e sembrava piegarsi a una gran degnazione salutando in tal modo il povero uomo.

- Buona notte, don Antine - rispose l'altro torcendo il collo.

E si guardarono con una specie di sorpresa, di meraviglia, quasi non si fossero veduti mai.

Zio Bakis era un povero diavolo già vecchio e curvo. Essendo in duolo per una sorella, indossava un corto cappotto nero, col cappuccio, che gli tirava la testa indietro, abbassato fin sugli occhi: e così sembrava più nero, più cupo e misero del solito.

Don Antine invece sembrava ed era un gentiluomo: rosso, con baffi biondi: ma ciò non impediva che anch'egli cominciasse a invecchiare. Negli angoli dei suoi occhi turchini vivissimi, penetrantissimi, sprofondavasi un ventaglietto di rughe; e neppure tutto il vino delle sue cantine, le granaglie e i formaggi delle sue dispense, le antiche tele delle sue arche, l'erba delle sue tancas sarebbero bastate a fargli rinascer sulla testa i capelli che mancavano.

- Sedete - disse a Bakis, battendo una mano sulla spalliera d'una sedia. L'altro restò ritto, rigido, con la testa tirata indietro. La fiammella argentea della strana candela antica, di rame rossastro, s'allungava, sfumava in violetto, fumava: sul soffitto il cappuccio di Bakis pareva una montagna.

Don Antine guardava appunto lassù, per non degnarsi di guardar il povero uomo. Questo però s'impuntigliò a star zitto, finché il signore parlò.

- E dunque, cosa è questa storia? Perché hai picchiato tua figliastra Jusepa, minacciando ucciderla se non usciva dal mio servizio?

Bakis s'era preparata la risposta come si doveva; ma giusto allora la dimenticò. Si dimenò tutto entro il cappotto, cercò inutilmente sporger la testa in avanti, e riuscì a risponder malamente:

- Eh, questo è nulla! E se si ostina a rimaner qui la massacro davvero, e le faccio uscir il cuore per le calcagna. E sapete perché son venuto, signor don Antine? Non perché mi avete avvisato due volte, ma perché speravo venisse Jusepa ad aprirmi. E sapete, signor don Antine, ero deciso di afferrarla per il ciuffo e darle un'altra bastonata; giacché ho pensato: se il padrone si interessa al punto di far chiamare due volte questo poveretto per pregarlo di lasciargli serva la figliastra, vuol dire che la cosa è vera, che l'anima della vossignoria sia impiccata!

- Lascia le bestemmie e ragiona - disse don Antine facendo il savio (dando del voi e del tu a Bakis, che a sua volta gli dava del voi e del lei), mentre internamente fremeva all'idea del magnifico ciuffo biondo di Jusepa afferrato da quelle mani prepotenti.

- Tu sai, Bakis Fronte, che sei più piccolo di questo mio dito mignolo, - e glielo mostrava, - ed io potrei annientarvi con una parola.

- Voi farete un corno! - gridò Bakis, e poiché non poteva avanzarla in avanti, spinse la testa indietro. - Benché siate ricco, non vi temo più dei miei scarponi. La ragazza tornerà a casa, altrimenti guai, guai, guai!

- Ha ventitré anni. La legge...

- La legge la faccio io e la fa mia moglie. Oh che! Anzi faccia attenzione, vossignoria signor don Antine; sapete che non ho altro che la mia pelle e il mio onore, e la prima, perdio, posso bene esporla per il secondo.

Don Antine sorrise con pietosa dolcezza:

- Ah, vorresti dunque uccidermi, tu? Tu, Bakis Fronte? Ma, senti, se la cosa, cioè quella stupida cosa che dicono in paese, fosse anche vera, che te ne importerebbe? È tua figlia, forse?

- È figlia di mia moglie! E suo padre era mio amico, e mi disse una volta: «Bakis Fronte, quando sarò morto tu fa da padre a mia figlia».

- Ah, è perciò che hai sposato la madre? E quel buon uomo, sapeva che avresti sposato sua moglie, eh? - disse don Antine, con malignità che voleva parer bonaria. Si sedette. L'annoiava la piega seria che le cose pigliavano, e si passava la mano sulla testa calva, come per scacciarne idee moleste.

- L'ho sposata perché mi è parso e piaciuto - disse l'altro, pigliando coraggio dal contegno del signore; - e ora tutto il villaggio dice che non son buono a custodir la figliuola di mia moglie, a strapparla da una casa dove il padrone non la guarda più come serva, ma come... altra cosa. Ma io l'ho bastonata, perdio, e tornerò a bastonarla se non torna subito a casa!

- Bella prodezza, Bakis Fronte! Si bastonano le bestie. È una calunnia...

- Una calunnia, una calunnia! E allora perché vossignoria piglia tanto interesse...

- Perché? Perché quella ragazza è una buona servente, perché mi regge la casa, perché mia figlia vuol solamente lei. Infine, per non dar retta a questi cretini, per non darla vinta a questi serpenti... Cosa altro vuoi che mi occupi di te, di tua figliastra o del resto?

Egli ora parlava con tale indifferenza, con tal fine disprezzo, che Bakis sentì il terreno mancargli.

- Tu sei uno sciocco, Bakis Fronte: io non so, non capisco come si possano creder certe cose. Eppure tu passi per un uomo savio.

- La saviezza e la stoltezza le dà Iddio nostro Signore. Del resto, vossignoria don Antine dovete sapere che la stoltezza è di trentadue qualità: ogni individuo ha la sua.

- Tu parli bene, ma benissimo anzi - disse il cavaliere, sempre passandosi la mano in testa. - Però io credevo che tu fossi un uomo savio.

- Ma non sente, don Antine, la sciocchezza è di trentadue...

- Infine, le lingue cattive bisogna lasciarle dire. Ma infine c'è solamente tua figliastra in casa mia per servente? Le lingue cattive...

- Non c'è fumo senza fuoco. Infine io la voglio in casa, vero o non vero; ecco tutto.

- Ma allora si dirà di più. È meglio lasciar dire. Fa una cosa, Bakis Fronte: queste non son cose da parlarsi fra uomini; fammi venir tua moglie. Le spiegherò...

- Ma avete avvisato me, avete avvisato me.

- Ti credevo più ragionevole. Ora...

Non sappiamo perché, zio Bakis, che quasi quasi si lasciava persuadere, sentì improvvisamente ribollirgli il sangue: arrossì e proruppe:

- La voglio in casa! Sia inteso!

La sua voce era così terribile che Jusepa, la quale origliava dietro l'uscio, diventò bianca per paura.

- Ma allora io me ne lavo le mani - disse don Antine, levandosi e facendo atto di lavarsi le mani. - Accomodatevi tra voi. Ti ho avvisato per dirti che né tu né tua moglie dovete dar retta alle cattive lingue. Io rispetto Jusepa come una mia parente. Non volete crederci? Peggio per voi... del resto accomodatevi.

- Dovete mandarla via voi - disse Bakis abbassando la voce, disarmato dalla fredda indifferenza di don Antine.

- Io? Ma niente affatto! Non ho alcuna ragione per poter mandarla via, io. Non mi ha mai disgustato: è attenta, fedele, laboriosa: mi ha sempre accontentato.

- Lo credo bene - ghignò zio Bakis, e s'avviò per andarsene. Fu per chiedere di veder Jusepa e di portarla via subito, ma non osò. Non ostante le sue rodomontate sentiva una istintiva paura, così, di notte, solo, in quella casa potente e misteriosa.

Egli era davvero come il dito mignolo di don Costantino: attraversando l'andito poteva piovergli una mazzata sul cappuccio, e Antonia quella notte e poi sempre sarebbe andata sola a dormire.

Era dunque meglio aspettar la dimane: avrebbe fatto venir a casa la figliastra, e la avrebbe legata ai piedi del letto.

Ma né l'indomani né mai Jusepa lasciò la casa del padrone. Don Costantino, vedovo, aveva cinquant'anni ed era l'uomo più istruito del paese: parlava l'inglese e, si diceva, anche il russo;

inoltre aveva viaggiato cinque anni interi in America, in un tempo nel quale le Autorità, non sappiamo per qual ragione, credevano opportuno pensar cose cattive sul conto suo.

Poi queste cose cattive s'eran dilucidate, e don Antine era tornato.

I paesani, piuttosto arguti e maligni, che facevano le cose in grande o non le facevano, dicevano che egli aveva duecento cinquanta figli, sparsi su tutta la superficie del Messico e della Sardegna; ma veramente pochissimi se ne conoscevano, e fra questi pochi era Lelledda la sola legittima: maligna, maleducata e bella. Allevata tra serve perfide e gente senza delicatezza, a dieci anni Lelledda parlava male di tutti, imprecava, strapazzava bestie ed uomini, e pareva infine più matta che altro.

Una sera, sdraiata sul pavimento della sala da pranzo, con le gambe in aria, scriveva il suo nome col gesso, lungo le tavole pulite e levigate.

- Lel-led-da! - gridò, quando ebbe sporcato un buon tratto di pavimento. Si sollevò, diede due o tre salti, fece la ruota, pestò i piedi e tornò all'opera.

E si mise a cantare urlando:

- Lel-led-da, Fran-ce-sco, Ma-ria, Giu-sep-pa-aaa... Gat-to... vio-li-no... mo-li-no... Igna-zia-aaa... -. Indossava un vestito giallo fiammeggiante, a grandi fiori rossi, qua e là strappato sebbene nuovissimo; e coi capelli neri arruffati e con gli occhioni neri brillanti sembrava una piccola zingara, una creatura spiritata.

- Cosa diavolo stai facendo? - gridò Jusepa entrando precipitosamente. Cercò rialzarla, ma Lelledda le sfuggì di mano, si rigettò per terra, spezzò coi dentini il pezzetto di gesso che le lasciò le labbra bianche, e si rimise a urlare:

- Lel-led-da..., Ma-riaaa, Igna-zia, Gio-van-naaa, capra, ca-priolooo.

- Vuoi finirla sì o no, brutta bestiola? - disse Jusepa digrignando i denti. - Che la volpe ti scanni, tuo padre è a letto perché si sente male, e tu urli? Vuoi finirla?

- Mio padre è a letto, - disse allora Lelledda, - ma il tuo è nell'inferno e tuo fratello è in galera...

Benché non avesse fratelli, dimenticando che Lelledda era una bimba che parlava secondo il suo esempio, Jusepa si strappò il fazzoletto di testa, e per rabbia emise due o tre gridi. Poi picchiò abbastanza bene la ragazzina. Furono urla e grida da non dirsi; accorsero le altre serve, e don Antine fece domandare cosa diavolo accadeva (il diavolo era ingrediente indispensabile nel frasario di quella casa).

- Lo vedete? - gridò Jusepa. - Mi ha graffiato e poi dice che sono io a batterla, perché le ho detto di non disturbar suo padre.

La calunniava anche? Con un nodo in gola, Lelledda pianse tutta la sera, strappando il vestito, ma non disse più una parola. Meditava la sua vendetta. E l'indomani disse a Maria Ghespe, una serva brutta che sembrava una mora, nemica di Jusepa:

- Giura che non la ripeterai e ti dico una cosa che ho veduto.

- Che mi escano gli occhi...

- No, giura più forte.

- Che non riveda mia madre... - giurò la serva, sollevando gli occhi, e mettendosi una mano sul petto.

Lelledda abbassò la voce.

- Ho veduto Jusepa baciar un uomo.

- Chi, chi, chi, per l'anima mia? - domandò Maria rabbrividendo di gioia. Ma Lelledda non volle dirlo, nonostante i mille orribili giuramenti della serva.

- Dimmi almeno dove, anima mia; che tutto ciò che tocco mi si cambi in pietra, se ripeterò...

- No.

- Dimmelo, dimmelo, rosa mia: farò tutto quello che vorrai, d'ora in avanti. Dimmi dove...

E si curvava e tendeva l'orecchio.

- Ebbene, - disse Lelledda, che non sapeva quel che si diceva, e sopratutto mentiva, - su, nella stanza da pranzo.

- È col padrone! - pensò Maria fulminata. Nessun altro penetrava mai nella sala da pranzo, al primo piano. Quando c'erano ospiti, od invitati, si pranzava abbasso, in una vasta stanza piena di guardarobe e di credenze.

Maria Ghespe propagò subito la novella, e fu così che in due giorni tutto il villaggio seppe la storia.

Antonia, la madre di Jusepa, parve morirne dal dolore: avvisò la ragazza e la fece battere da zio Bakis; ma tutto ciò servì a nulla; e dopo lo strano colloquio del povero uomo con don Antine, Pili Brunda (Capelli Bionda) come chiamavano Jusepa, non uscì più dalla casa del padrone.

Passarono molte settimane.

Oramai anche le pietre del villaggio sapevano la storia, e Jusepa non veniva più chiamata col suo nome o col suo nomignolo, ma, con sottile sarcasmo, col titolo di dama. Donna Jusepa andava e donna Jusepa veniva.

Era Maria Ghespe a propagarlo. Fermandosi con ogni donna che incontrava, diceva socchiudendo i perfidi occhi e picchiandosi il petto:

- È vestita da signora, saputo lo hai? Ha la gonnella col volante e la blusa di percalle coi fiocchi, donna Jusepa. Comanda a bacchetta, sai, e si fa portare il caffè a letto.

- Ma cosa dite voi, comare mia... la sposerà?

L'altra rideva, sporgeva le grosse labbra cremisine, sputava.

- Quando il Papa sposa con me.

E zia Antonia veniva a saper ogni cosa, e soffriva orribilmente. Accoccolata fra la cenere del focolare, piangeva da far pietà, giorno e notte; non mangiava, non dormiva, non usciva; e quando per estremo bisogno usciva, s'avvolgeva accuratamente il capo e le spalle e il petto con una gonnella d'albagio nero, in modo che mostrava appena la punta del naso.

Ogni volta che zio Bakis rientrava di campagna, chiedeva con cupa voce:

- È venuta?

- No - gemeva Antonia, e imprecava come dannata, maledicendo il giorno, l'ora, il minuto che Jusepa era venuta al mondo. E malediceva il latte che le aveva dato, le fascie che l'avevano avvolta, e questo e quello e quell'altro.

- Io gli ucciderò tutte le vacche, io metterò fuoco alle sue tanche, io gli darò una fucilata - urlava zio Bakis.

E caricava il fucile, affilava il coltello, e usciva coi più feroci propositi del mondo.

Un giorno Maria Ghespe andò in casa Fronte con la scusa di chiedere un pezzetto di lievito.

- Per parte di tutti i demoni, - le disse zia Antonia con occhi lampeggianti, - fammi il piacere di levarmiti dai piedi, e vattene.

- Vostra figlia è malata; siete arrabbiata per questo, zia mia? - esclamò quella vipera, ridendo del suo riso sguaiato; e fuggì via mentre zia Antonia gridava:

- Se torni qui ti rompo la testa col bastone, se torni qui ti accuso al sindaco... ti strappo gli occhi...

Quando fu sola pianse dirottamente. Ah, ella capiva ciò che Maria Ghespe voleva dire con la parola malata; ah, questo era troppo, questo era troppo!

Da quel momento un solo pensiero la dominò: introdursi in casa di don Antine, parlar con Jusepa, insultarla, bestemmiarla, graffiarla, tirarle i capelli e strapparle gli occhi. Bisognava però attendere un'assenza del padrone, e amicarsi Maria Ghespe per poter entrare in quella maledetta casa.

Molte arti e molte bassezze la povera donna dovette usare; ma riuscì nel suo intento; e una sera agli ultimi di marzo, donna Jusepa se la vide apparir davanti come un fantasma. Provò un grande spavento, tanto più che il padrone era assente; le parve che il cuore le si capovolgesse dentro il petto, cessando un momento di battere, per poi pulsare violentemente. Ma fu un istante.

- Questa è opera di Maria Ghespe, - pensò, - ah, la farà con me.

- Oh, mamma! - disse ad alta voce, andandole incontro.

Zia Antonia non s'era neppure accorta del turbamento di Jusepa; e restava sull'ingresso, come paralizzata sotto la gonnella nera che le avvolgeva il capo e il busto. Cosa era tutto questo che vedeva, Dio mio? Ella non era mai entrata in casa di don Antine, e aveva dimenticato le entusiastiche descrizioni fattele da sua figlia nei primi tempi del suo servizio. Ora la vasta stanza dipinta, piena di credenze dietro i cui cristalli, riflettenti la luce delle finestre, splendevano vecchie porcellane e argenterie e cristallerie preziose, le sembrava una chiesa.

Jusepa poi le diede, a prima vista, una gran soggezione; non le parve assolutamente più sua figlia.

Vestiva da signora, a testa nuda, coi bellissimi capelli biondi rialzati sulla fronte e sulla nuca; era poi grassa, bianca e rosea, con gli occhi splendenti come le vetriere delle credenze; e faceva la calzetta come una vera dama.

Zia Antonia non poté trovare una parola; e senza accorgersene si trovò seduta davanti al gran tavolo di noce scolpito, sulla cui superficie lucidissima vedeva riflesso il suo naso. Anche donna Jusepa s'era rimessa a sedere, continuando a scalzettare; e arrossiva vivamente nel vedersi osservata dagli occhietti di uccello di sua madre; ma in realtà quegli occhietti d'uccello, neri, ristretti, fissi, infossati, stupiti, vedevano solo gli anelli e gli orecchini a pietre turchine, che adornavano sua figlia.

- Giacché tu non ti lasci vedere, sono venuta io... - cominciò.

- Per l'amor di Dio, lasciatemi la testa, non ho un momento di tempo - interruppe l'altra, parlando rapidamente, eppur con aria di stanchezza. - Faccio tutto io, lavoro come una bestia, non respiro, non riposo... Mi sono messa questa blusa, della defunta padrona, nel cielo sia, perché mi facevo le camicie una vergogna. Le ho tutte così, una vergogna, - e con le mani faceva atto di strappare, - tutte a brandelli... Lavoro tutto io... c'è tanto da fare... le altre, che il diavolo le scanni, non fanno nulla. E per darne prova chiamò:

- Maria! Maria Ghespe!

Maria, che senza dubbio stava ad origliare, mise subito il suo brutto muso entro la porta. E Jusepa con arroganza:

- Porta un po' di caffè. È fatto?

- Sissignora - disse l'altra umilmente.

Zia Antonia trasalì, aprì la bocca. Trattavano Jusepa da signora? Ma dunque quella lì non era sua figlia; che cosa era dunque? Una vera donna Jusepa? La padrona della casa? La moglie di don Antine?

- Che il diavolo mi caschi sopra, ho il cervello alterato? - pensava la povera donna. Scostò un po' la sua sedia; sotto la gonnella le sue mani si allentarono con dolcezza. E i suoi occhietti si fecero più fissi, e la bocca s'aprì ancor più; ma la lingua non c'era verso che volesse muoversi.

Fra il tic-tac degli argentei ferretti, Jusepa continuò a chiacchierare, prendendo coraggio dal contegno di sua madre. Ah, ella lo conosceva benissimo cos'era quell'incanto, quel barbaglio che veniva dalle colme e fulgide credenze, quel fascino che vinceva l'anima dei poveretti come un sonno fatale.

A momenti zia Antonia ricordava però e nitidamente perché era venuta: anche tra i volanti e i fiocchi della veste e tra gli orecchini e gli anelli a pietre turchine, ravvisava sua figlia, e tutto il sangue le affluiva al cuore, dandole un'ansia, una palpitazione dolorosa. Allora sentiva un caldo impeto di rizzarsi, e schiaffeggiare quella signora, e aprire il coltellino che aveva in tasca e ficcarglielo negli occhi; ma non poteva, non poteva, non poteva.

Glielo impediva qualche cosa di strano, d'invincibile; l'ammirazione per tutto quel ben di Dio del quale sua figlia sembrava padrona, e il bizzarro sentimento, tosto riedente, che quella che le stava avanti non fosse Jusepa.

No, non era Jusepa; era donna Jusepa.

Fu servito il caffè, in un vassoio smaltato, con chicchere di porcellana diafana e cucchiaini d'argento cifrati, pesanti come randelli.

Zia Antonia non aveva mai neppur sognato un simile lusso. Il caffè poi era magnifico; entro i cucchiaini d'argento sembrava rubino liquido.

A poco a poco Jusepa prese un atteggiamento, una posa indescrivibile. (Maria Ghespe, che non osava alzar neanche gli occhi, entro di sé le faceva le fiche, pensando: - Eccola lì, è composta come maccherone condito! E quella stupida di donna!...).

E quella stupida di donna sentiva crescere la sua soggezione, i suoi impeti d'ira, la sua impotenza contro l'ambiente e contro la posa di donna Jusepa.

- Venite sempre, - disse questa, prima un po' timidamente, poi con degnazione, - venitevene sempre, giacché io non posso uscire. Prenderemo il caffè assieme, ogni giorno. Vi piace questo caffè? - e lo faceva sgocciolare traverso la luce, dal cucchiaino alla chicchera. - È portato dal continente, sapete; qui non ce n'è di sicuro!

- Sì, è migliore del mio - pensò zia Antonia con tristezza, ricordando la sua caffettiera con tanto di fuliggine sopra, ove bollivano due granelli di caffè e tre d'orzo in mezzo litro d'acqua.

Preso il caffè, Jusepa s'alzò, e sempre facendo la calzetta, disse:

- Andiamo ora, mamma, che vi mostro tutta la casa. Voi non siete mai entrata qui. Andiamo.

- Il padrone s'adirerà... - arrischiò zia Antonia. Poi arrossì delle sue parole, e arrossì nuovamente anche Jusepa, ma questa rispose tosto con sicurezza:

- Oggi il padrone è assente. E poi...

Scrollò le spalle e s'avviò.

- Questo è il cielo! - gridava fra sé zia Antonia, picchiandosi il seno con un pugno sotto il suo strano mantello. A momenti, in certe stanze ove c'erano specchi antichi, quadri ad olio e mobili intarsiati, ella sentiva una speciale volontà di inginocchiarsi.

Ma scendendo una scaletta di legno, un po' buia, ricordò ancora una volta perché era venuta. E disse:

- Jusepa, dunque non torni a casa, tu? Non basta che...

E stava per alzar la voce; ma la giovine aprì la porta dei granai, e fingendo di non aver udito sua madre, disse tranquillamente:

- Qui non c'entro che io, sapete?

Zia Antonia tornò a picchiarsi il petto, ferma sulla porta luminosa. Gesù! Maria! Giuseppe! Che ben di Dio, che abbondanza, che meraviglie, che ricchezze! Mucchi di orzo d'oro giallo, mucchi di grano d'oro rosso, mucchi di grosse fave cenerognole, mucchi di fagiuoli granati, bianchi come madreperla, rosei picchiettati di viola, violetti macchiati di rosso, gialli schizzati di nero; mucchi di patate che cominciavano a germogliare; c'era da alimentare per un anno il paese!

Di camera in camera, dopo esser scese e salite per cantine e dispense, Jusepa condusse sua madre nella stanza delle guardarobe. E cominciò ad aprire, a spalancare, a mostrar tutto: bian40cherie, tele, vesti, costumi, panni di spiga, che son lunghi drappi di lino fra cui metter il pane a fermentare, tovaglie, tovagliuoli, panni, albagi...

Jusepa sollevava, spiegava tutto con sicurezza ed abilità, - la calza le penzolava sul fianco, - e ripiegava e riponeva ogni cosa con noncuranza quasi sprezzante. Pareva volesse dire:

- Conosco tutto... eh, non è la prima volta che vedo queste cose! È tutto mio, vedete? Ci posso attaccar fuoco, senza che alcuno mi dica nulla... posso indossar queste vesti... regalar queste biancherie... sono io la padrona...

- Che polvere! - diceva invece ad alta voce, scuotendo certe tovaglie esalanti un forte odor di canfora. - Si vede che non c'è padrona. Quando crescerà Lelledda, se Dio gliela manda buona, rimetterà essa l'ordine. Per ora è già molto se nessuno ruba, qui. È che ci sono io, che ho una coscienza; altrimenti farebbero festa ogni giorno... Guardate, mamma, questo ritaglio di grana.

Era un pezzo di panno giallo finissimo, di quello usato nel paese per i corsetti delle donne. Era splendido, rasato, lucente: pareva un lembo di sole.

Le due donne l'ammirarono a lungo. Zia Antonia si sentiva le dita ardere dal desiderio d'afferrarsi il panno, e Jusepa aveva una pazza voglia di dirle:

- Pigliatevelo...

Ma era troppo presto. La giovine lo rimise con cautela, e zia Antonia l'avvertì di chiuderlo e custodirlo bene, perché... qualche unghia pietosa non lo toccasse.

- Bada che ti è caduto un nastro, ah, eccolo - disse poi chinandosi. Raccolse un nastro violetto a fiori d'oro, un po' sciupato, e stette a guardarlo, svolgendolo alla luce.

- Sì, - diceva Jusepa, sollevandosi quanto più poteva, con le braccia alte, rimettendo una tovaglia nell'ultimo piano d'un guardarobe, - sì, i maggiori erano vestiti in costume. Donna Caderina, la madre del padrone, aveva nel corsetto i bottoni d'oro coi diamanti. Li ho veduti io. Sapete come è il diamante? Sembra vetro, a guardarlo così, ma di notte splende come gli occhi del gatto. La veste di donna Caderina deve esser qui, anzi... aspettate che la cerco... dove diavolo ti sei ficcata? -. E cercava, cercava.

- Guarda questo nastro che ti è caduto... Sarebbe bello per la cintura della gonnella... il mio è tutto consumato...

- Mettetelo lì, aspettate... mi pare che sia qui il corsetto...

Inginocchiata per terra, ella frugava nei cassetti del guardarobe, e zia Antonia continuava a palpare il nastro violetto. Jusepa si stizzava non ritrovando la veste di donna Caderina; e ad un punto, visto che sua madre si staccava con dispiacere dal nastro, disse aspra:

- E raccoglietevelo dunque! C'è bisogno di tante storie?

Zia Antonia indugiò, nicchiò, ma finì col piegare delicatamente il nastro e metterselo in seno.

Fu così che i Fronte cambiarono pelo.

Qualche tempo dopo Maria Ghespe disse una sera a Lelledda:

- Questa mattina Antonia Fronte ha portato un bottiglione vuoto e lo ha ripreso pieno di olio. Dillo a tuo padre, sciocca!

Lelledda glielo disse; ma dopo questo incidente don Costantino credé opportuno mandarla in un collegio, ove ella fa uno scandalo ogni giorno.

LE TENTAZIONI

Felix Nurroi era un uomo grandemente timorato di Dio. Teneva il suo ovile vicino al fiume Tirso, nelle tancas del suo padrone, un giovine cavaliere del Marghine. Felix era un uomo sui cinquant'anni, piccolo, sbarbato e calvo. Siccome soffriva mal d'occhi, teneva un paio d'occhiali neri a reticella; inoltre indossava quasi sempre un gabbano turchino, da soldato, stretto alla vita da una corda. Pareva un frate. Egli era uno di quegli uomini ai quali il timor di Dio impedisce di far fortuna. Lavorava come un cane e dava scrupolosamente la metà, e forse più, al padrone. Inoltre la fortuna non lo favoriva mai: per esempio, dopo fatta la divisione dei tori, il padrone trovava da vender vantaggiosamente i suoi, e Felix invece doveva darli per nulla; e così avveniva per il cacio, per le vacche da macello, ecc. Ma egli non si lamentava mai. Nella sua prima giovinezza aveva fortemente desiderato farsi sacerdote, ma era così misero, così stupido! Poi s'era ammogliato secondo la legge di Dio, per aver figli, e consacrarne almeno uno al Signore. E ora appunto, il suo primogenito, Antine, doveva farsi prete. L'altro, dodicenne, sordo-muto, aiutava assai nei lavori dell'ovile. La moglie era morta.

Una sera d'agosto s'aspettava nell'ovile la venuta di Antine, che ritornava dal Seminario di Nuoro per le vacanze. Zio Felix e Minnai, il sordo-muto, attendevano appoggiati al muro della tanca, che dava sullo stradale. Il sole era tramontato. Una calma profonda addormentava il vasto e singolare paesaggio. Le tancas, gialle di fieno e di stoppie, si stendevano a perdita d'occhio fino al roseo orizzonte, sparse di macchie e di roccie. Ad ovest passava il fiume, abbastanza profondo e vasto, arrossato dal tramonto. Le sue rive bianche, sabbiose, erano invase da mentastri fioriti di violetto, e da veri boschetti di sambuchi e d'oleandri altissimi, fioriti i primi di ombrelle gialle, i secondi di mazzi enormi di rose, che si diramavano fino alle capanne e alle mandrie dell'ovile. Ad est, dietro un alto muro di cinta, annerito e cadente, fra una vigna distrutta e un oliveto inselvatichito, sorgeva una vecchia villa di mattoni, con a lato un campanile rovinato. In questa villa viveva tutto l'anno un servo del giovine cavaliere del Marghine, che con la scusa di sorvegliare la tenuta e le tancas, ove pascolavano anche molti cavalli e puledri del padrone, non faceva nulla e rubava a man salva. Come usava ogni anno, Antine, per bontà del padrone col quale da bimbi erano stati amiconi e s'erano più di tre volte bastonati, doveva abitare una cameraccia della villa.

Le vacche fulve e rosse e bianche, macchiate di nero, e i cavalli neri e bai, dal pelame lucente sulle groppe poderose, pascolavano tranquilli fra le stoppie; un puledro bianco nitriva abbeverandosi nel fiume e grattandosi i fianchi in un oleandro. Un alito fresco, impregnato dal profumo amaro degli oleandri, saliva dal Tirso, fondendosi con l'aria calda e con l'aspro odore del fieno. In lontananza, nell'estremo orizzonte, Monte Urticu sorgeva azzurro sul cielo roseo.

Il piccolo Minnai, dai grandi occhi azzurri limpidi e sorridenti, vestito d'orbace nero, teneva le mani ferme sulle pietre calde del muro, e guardava fisso sullo stradale arido e deserto.

La venuta del fratello era per lui, ogni anno, un avvenimento importantissimo. Vide un uomo a cavallo. Anche zio Felix lo vide, e credendolo Antine si rallegrò tutto. Ma i suoi deboli occhi lo tradivano, mentre Minnai distingueva bene il cavallo nero con le zampe bianche e il paesano sedutovi sopra.

- È tuo fratello, quello? - disse zio Felix, rivolto al fanciullo. Questo osservò acutamente il movimento delle labbra paterne, e accennando di no, sorrise malizioso, tutto contento di aver veduto ciò che suo padre non distingueva.

Il paesano s'avvicinò e si fermò presso il muro. Come i Nurroi, anch'egli era di Ottana, miserabile paesello decaduto, al quale una poesia popolare dice:

De ottanta duas missas chi aias,

Una sola nd'as commo, e cando l'as .

- Scommettiamo che io so chi aspettate - disse sorridendo.

- Scommettiamo - rispose zio Felix, sorridendo anch'egli.

- Una presa di tabacco? Egli verrà fra poco, non dubitate. L'ho veduto.

- È grasso? È rosso?

- Sembra già un arciprete. Trattatelo bene, che il diavolo vi scortichi. Cavateli i soldi, comprate le cose buone, per trattar bene vostro figlio. Dategli da mangiare uova e lardo, che una palla vi trapassi il cocuzzolo!

Zio Felix sorrideva sempre: cavò fuori la sua tabacchiera di corno, turata con un tappo di sughero inciso, e si sporse sul muro.

Il paesano si curvò su un fianco, mise un dito entro la tabacchiera, poi s'allontanò tutto contento, come se la gioia dei Nurroi fosse sua.

Minnai aveva guardato attentamente or il padre, or il paesano, durante il breve loro discorso: quando arrivava a capir qualche parola i suoi occhi scintillavano. Così aveva percepito le parole «uova e lardo» e immaginando i lauti pranzi che si farebbero durante il soggiorno di Antine, aveva fatto un piccolo salto di gioia.

Fu il primo a scorger la vettura postale, che passava ogni sera a quell'ora; ma lasciò che anche suo padre scorgesse qualche cosa di confuso, per rivolgerglisi guardandolo fisso.

- È quello? - chiese zio Felix.

Egli accennò di sì.

Allora il buon uomo ed il fanciullo s'abbandonarono alla loro gioia; sorrisero, si sporsero sul muro, fischiarono, cominciarono a far segni con la testa e con le mani.

Dalla vettura nulla. Giunta presso il muro rallentò la sua corsa, si fermò. Antine uscì curvo, balzò e respinse lo sportello, mentre il vetturale gli porgeva una valigia. Egli era vestito da seminarista, coi bottoni rossi; era altissimo, col collo e il volto rossi e un gran naso aquilino: un tipo che colpiva. L'abito antiestetico, - aveva la sola sottana, - gli disegnava quasi a nudo le spalle e il petto un po' incavato.

- Ben tornato, bene arrivato! - gli gridava suo padre. Ma siccome altri due viaggiatori guardavano dall'interno della vettura, Antine arrossì, diventando paonazzo. Si sarebbe detto che si vergognava di quell'uomo dagli occhiali a rete e dal gabbano turchino, e di quel fanciullo che lo divorava con gli occhioni azzurri ridenti.

Solo quando la vettura fu lontana, ed egli ebbe oltrepassato il varco aperto per lui nel muro, si lasciò abbracciare e baciare dal padre. Il fanciullo restava da parte: si avanzò solo per liberarlo dalla valigia.

- Oh, Minnai, ciao - disse Antine distratto. Aveva una voce nasale sgradevole, ma Minnai non l'udiva, e per lui quel lungo fratello dai bottoni rossi era il più bel giovine del mondo. Sperava di venir abbracciato, ma si contentò di sfiorar la mano bianca e molle di Antine, e di toccargli uno dei bottoni rossi. Poi scappò di corsa, con la valigia sul capo, spaventando le vacche che muggirono.

Zio Felix non si stancò di guardare il suo primogenito per tutto il tempo che impiegarono ad attraversar la tanca. Il buon uomo parlava sorridendo, dando grave importanza alle sue più inutili parole: in fondo in fondo era un po' intimidito dalla statura e dall'indifferente sguardo del seminarista. Giunsero all'ovile, in quell'ora deserto. L'alito fresco del fiume e la fragranza amarognola degli oleandri, circondavano le mandrie e le capanne, sperdendo i cattivi odori del bestiame. Zio Felix aveva preparato una piccola refezione di latticini e di dolci di miele; questi ultimi glieli avevano mandati dal paese per la festa dell'Assunzione.

Antine si tolse la sottana, la guardò attentamente se per caso avesse qualche macchia, poi la piegò con somma cura, deponendola sopra un tovagliuolo spiegato. Poi mangiò quasi con avidità, e bevette a lunghi sorsi dalla zucca incisa che suo padre gli porgeva. Il pasto e il vino lo misero di buon umore. Dopo tutto egli era un buon ragazzo, un po' bilioso in certe ore, ma ordinato, intelligente, ambizioso e quindi studioso.

Ritornati il mandriano delle vacche, un giovine pallido, paffuto, e il guardiano dei cavalli, un uomo con le gambe storte, lo festeggiarono come un loro fratello; e incitato da loro egli cominciò a raccontar storielle ed episodi divertenti sulla sua vita di seminarista.

- Monsignore mi vuole tanto bene, Monsignore mi ha detto questo, Monsignore mi ha detto quest'altro.

Zio Felix ascoltava a bocca aperta, tutto superbo che suo figlio parlasse famigliarmente con Monsignore.

- E... - chiese a un tratto, maliziosamente, il vaccaro - niente divertimenti, vero, in quel diavolo di luogo?

Zio Felix gli diede sulla voce.

- Misurati le parole, Tanu. Prima di tutto quello non è un diavolo di luogo, e poi puoi far a meno di domandar certe cose.

- Andate al diavolo, voi - rispose il vaccaro.

Antine, che aveva perfettamente capito a quali divertimenti accennava il mandriano, arrossì un po' nell'ombra, ma rispose ingenuamente:

- Eh, quest'inverno abbiamo dato tante rappresentazioni.

- Che cosa?

- Aspetta, tu non capisci. Vedi, per esempio, facciamo finta che succeda una storia; due o tre seminaristi si vestono da signori, io e un altro da donna, un altro da servo, e facciamo finta di esser questo o quell'altro, e rappresentiamo una storia. Come in teatro.

Tanu ne capì più poco, ma rise malignamente perché i seminaristi si vestivano da donne.

- Perché ridi? - gridò Antine adirandosi. - Tu non capisci niente. Venivano delle signore, e tutti i canonici, e battevano le mani.

- Vi vestivate da donne...

- Ebbene? - disse zio Felix. - E se si vestivano? Se lo permettevano i superiori, vuol dire ch'era ben fatto.

- Ma già, - disse poi il cavallaro, - voi altri preti siete vestiti da donne.

Lo disse senza ombra di malizia, perché era un uomo un po' stupido; ma Antine si offese, e balzò su sdegnoso alzando le spalle.

- Siete tanti stupidi. Con voi non bisogna parlare, andiamo!

Zio Felix trovò che questo era un atto di superbia da parte del figliuolo, ma non osò rimproverarlo.

Intanto la notte era scesa: s'udiva lo stormire degli oleandri, il cui profumo si faceva acutissimo, e il monotono fragore d'una lontana cascatella del fiume. Le stelle oscillavano sul cielo un po' cinereo. Minnai, sdraiato su un mucchio di fronde d'oleandro, s'alzò vedendo alzarsi il fratello, e quando si trattò di andare alla casa di mattoni, caricatosi la valigia e la sottana sulle spalle, partì allegramente, affondando i piedi scalzi fra le stoppie.

Antine e zio Felix venivano dietro. Da ogni stelo di fieno usciva il trillo d'un grillo e lo splendore verde azzurrognolo d'una lucciola.

- Figliolo mio, - diceva il pastore, - ti raccomando una cosa. Nella casa del padrone c'è sempre Piriccu, quel servo che, non faccio per criticare, con l'invecchiare diventa sempre più di animo cattivo. Dio lo salvi: non dar retta ai suoi discorsi.

- Cosa potrà dirmi? - chiese Antine sprezzante, con gli occhi smarriti nel buio. - Egli non potrà dirmi nulla: e se mi parlerà lo lascerò cantare. Lo so, sì, cosa è quell'uomo lì. Quando ero fanciullo mi mandava in cerca di bacche d'elleboro per far magie.

- Il Signore ci liberi. Lasciarlo cantare no, questo è un atto di superbia, perché infine, figlio mio, ti devi ricordare che sei figlio di un pastore; rispondigli, sì, ma non dar retta ai suoi discorsi. Non andar in cerca di bacche, figlio mio.

- Come siete semplice! - gridò Antine, e il suo riso nasale, ma ancor fresco, vibrò fra lo stridio dei grilli.

Arrivarono alla casa: la porta della cucina era illuminata, e s'udiva un martellar di pietra, secco, continuo. Era zio Pera che sgusciava delle mandorle, percuotendole ad una ad una con una pietra. Il guscio cenerognolo s'apriva; e le mandorle rossastre, un po' umide, saltavan fuori. Ce n'era già un bel mucchio.

Udendo arrivar il seminarista, zio Pera si alzò scuotendosi le vesti: era un uomo alto, scarno, coi capelli lunghi grigi, e con un solo occhio, turchino. Si diceva però che quell'occhio egli lo tenesse aperto anche quando dormiva. Antine ricordava che molte volte, quando era fanciulletto, aveva spiato il sonno di Pera per accertarsi s'egli dormiva proprio con l'occhio aperto. Più d'una volta il servo, accorgendosene, era balzato su, facendo le boccaccie e urlando per spaventar il ragazzo, che infatti fuggiva a rompicollo.

- Ti sei fatto lungo come un pioppo, che il diavolo ti porti - gli disse ora per primo saluto, facendo così dispiacere a zio Felix, che non amava venissero imprecati i suoi figliuoli. - Speriamo che ora non verrai a curvarti su me quando dormo, per vedere se il mio occhio si chiude.

- Andate, andate! - rispose Antine sorridendo.

Salirono la scala rovinata. Pera recava una lampadina sarda, di ferro nero, a quattro becchi. Nel mezzo aveva un uncino, e il lucignolo navigava in un po' d'olio d'ulivo. La stanzaccia di Antine era sempre la stessa: un letto di legno, un inginocchiatoio, un tavolo, una sedia; piatti e pentole entro un armadio praticato nella parete, un quadretto di Sant'Elia, il pavimento di tavole che ballava, e molta polvere. Rimasti soli, mentre Antine apriva la valigia e disponeva lentamente alcuni oggetti sopra il letto, zio Pera cominciò subito i cattivi discorsi.

- Lo hai già il breviario? È quello lì, o quell'altro? L'anno scorso dicevi che te lo avrebbero concesso quest'anno.

- Io non ricordo d'aver detto questo.

- Tu lo hai detto. O che sono bugiardo, io? O che sono rimbambito?

- Tutt'altro.

- Infine, libri santi ne hai?

- Tutti i libri che leggiamo noi sono santi - disse l'altro con falsa unzione.

- Non sempre. Una volta signoriccu (il padroncino) disse che nei seminari leggevate più cose cattive che altro.

- Bah, lasciatemi stare la testa! - disse Antine, cominciando a stizzirsi.

Dopo un po' zio Pera, che divorava col suo vivido occhio i libri del seminarista, tornò sull'argomento.

- Astuto quel zio Felix, che una palla gli trapassi il fegato! Lo sa egli perché ti fa prete. Quando sarai prete avrai i libri santi, e chi vi toccherà? Tu comanderai i libri, e avrai il piacere di scomunicare chi meglio ti piacerà, e di far male ai nemici.

L'altro stette zitto.

- L'uomo toccato a libro, cioè maledetto per mezzo dei libri santi, che cosa è quell'uomo? È un corno: è nulla. Dimmi, vitellino mio, sai almeno la formola colla quale si comanda che un cristiano non si sazî mai di acqua né di cibo? Ne hai sentito parlare? Se tu la sai, farai la tua fortuna, anche prima d'aver gli ordini. Vedi, c'è un bandito, al quale ho parlato di te per quest'affare. Basta aver il breviario e la sottana.

- Ma siete insopportabile, zio Pera! - gridò Antine, volgendosi inviperito. - Diventate matto?

- Matto, matto! Sei astuto tu, cavallino mio, astuto come tuo padre, che una palla vi fori l'anima! Ti darebbero cento scudi.

- Fatemi il piacere, sbarazzate la stanza, zio Pera. Su, via, marsc!

Il servo capì che per quella sera non doveva insistere, e se n'andò, senza punto offendersi se veniva cacciato.

- Uff! - sbuffò Antine, rimasto solo. - Che gente cretina!

E s'affacciò alla finestra, disgustato un po' di tutto e di tutti. Molto meglio la vita di Seminario, pulita, civile, sebbene così metodica. E dire che l'aveva tanto sognata questa libertà della tanca, dell'ovile paterno, interrotta solo dalle gite che contava fare al paese!

Stette a lungo alla finestra, distinguendo sempre più le cose nel buio. Laggiù era il fiume; gli oleandri si disegnavano come una bassa nuvola sulla purezza cenerognola del cielo. La tanca pareva stendersi all'infinito, al di là dell'orizzonte, tutta esalante una calda fragranza di stoppie, di fieno, di macchie. Gli olivi e i vecchi mandorli del frutteto avvolgevano silenziosi la casa. Dalla finestra Antine dominava la massa quasi compatta delle loro chiome, su cui le stelle gettavano rapidi e fugaci bagliori. Egli si sentiva triste, triste; la testa gli dolorava un poco. Pensava a Nuoro, ai compagni, alle belle passeggiate, alle discussioni teologiche - così le chiamavano - e letterarie e d'altra indole ancora. Qui non c'era con chi scambiar due parole. Suo padre? Suo fratello? Gli altri? Gli erano tutti indifferenti, allo stesso modo. Vedeva le cose in modo assai diverso del come le aveva vedute sino ad un anno fa. Il gabbano e gli occhiali di suo padre, e gli occhi celesti di Minnai, così stupidamente curiosi, gli davano lo stesso disgusto delle guancie paffute di Tanu, delle gambe storte del cavallaro, dell'occhio maligno di zio Pera. Egli non amava nessuno, ecco tutto! E sentiva un gran vuoto, un gran vuoto entro di sé: si sentiva spostato, triste, umiliato: si sentiva uomo. La grande e misteriosa solitudine della notte nella tanca faceva smarrire la sua anima: i profumi degli oleandri e delle stoppie gli davano un arcano desiderio di cose impossibili.

Andò a letto e s'addormentò subito, ma anche nel primo sonno continuò a provare un senso di oppressione. Sognava che zio Pera gli rubava i libri, e ch'egli s'incolleriva sino a diventarne rauco, mentre Minnai, che non capiva nulla, rideva con gli occhi azzurri splendenti.

Avvezzo a svegliarsi prestissimo, all'alba era già in piedi. Tornò alla finestra, fischiando e cantando. Le cattive impressioni della notte erano scomparse: l'infinita gioia della libertà gli rallegrava il cuore. Scese nella tanca, dopo aver assicurato i suoi libri nella valigia, e cominciò a passeggiare, a correre, a far esercizî ginnastici, cantando versi italiani classici, che stonavano assai in quel paesaggio sardo selvatico. Ai primi raggi del sole le stoppie parvero cambiarsi in grandi tappeti d'oro, trapuntati dai fiori violetti dei cardi secchi; il fiume rifulse, azzurro come il cielo, trasportando i petali rosei e violetti degli oleandri e dei mentastri che si sfogliavano sbattendo le lor foglie sulle acque tranquille.

I puledri correvano nitrendo, fremendo, con le groppe lucenti al sole: e negli occhi riflettevano il giallo splendore della tanca.

Antine sentiva entro di sé qualche cosa simile alla fiera gioia dei puledri. Anche i suoi occhi erano splendidi, splendidi ma indifferenti.

Zio Felix e Minnai mungevano le vacche, e attendevano il seminarista, invasi anch'essi da profonda gioia. Specialmente zio Felix si sentiva felice: sorrideva senza saper perché, pensava al giorno nel quale Antine avrebbe detto la prima messa, e gli pareva d'esser l'uomo più contento del mondo. Parlava con le vacche, con Minnai, coi torelli chiusi ancora nella mandria, col latte che sprizzava scarsissimo dalle mammelle esauste delle vacche pregne, col paiolino di rame, con ogni cosa infine che gli capitava sottomano. E nessuna cosa gli rispondeva - neppure il piccolo Minnai, che però riusciva a capirlo dal movimento delle labbra - ma egli udiva una voce interna risponder a ogni sua parola, e questa voce interna cantava e pregava nello stesso tempo, rendendo grazie al Signore. Poi udì la voce di Antine che saliva dal fiume. Anche egli cantava, e la sua voce, - così parve a zio Felix, - riempiva di vita e di gioia tutta la tanca, animando il luminoso silenzio del paesaggio fluviale, in quel puro mattino d'agosto.

Antine venne all'ovile, bevette il latte, giocò con Minnai, si mostrò infine molto più allegro della sera prima.

Zio Felix lo guardava incantato. Così cominciò una vita beata per i Nurroi e per chi li avvicinava. Antine giocava spesso alla scherma - senz'armi! - col piccolo Minnai: questo era più abile, più svelto, e, cosa incredibile, riusciva spesso a vincere il lungo fratello. Allora Antine provava un brivido felino, una cattiva scintilla s'accendeva nei suoi occhi indifferenti, e il piacer del gioco gli diventava crudele.

Un giorno, pretendendo che Minnai avesse battuto a tradimento, lo prese a schiaffi, gridandogli improperî. Il piccolo non capì; comprese solo gli schiaffi, e si mise a piangere, coi puri occhi offuscati da grave dolore.

- Questo perché mi sono abbassato! - disse Antine, e arrossì, ma non si sa se per essersi abbassato a giocar col fratello o per averlo ingiustamente schiaffeggiato.

Zio Felix continuava ad esser felice: quando era solo tastava religiosamente il mucchio di reliquie che gli pendeva sul nudo petto, e pregava Sant'Elias e Santa Varvara per il bene del suo figliuolo.

Di notte Antine s'indugiava nell'ovile, raccontando la meravigliosa vita cittadina e la vita del Seminario, a Tanu e al cavallaro.

A sentirlo egli era in intima amicizia coi più cospicui cittadini. Con Monsignore poi non se ne parli.

- Monsignore mi ha detto questo, Monsignore mi ha detto quest'altro.

Il cavallaro ascoltava a bocca aperta: Tanu invece voleva far lo scettico, cambiava destramente e con fine malizia il significato delle più innocenti frasi di Antine, facendolo spesso adirare; ma in fondo era meravigliato e curioso. L'interessava specialmente la storia delle rappresentazioni: non poteva capacitarsi come una persona poteva fingere d'essere un'altra. E non s'accorgeva - il malignaccio - che egli sarebbe stato un tipo adattissimo per ciò.

Ma dopo dieci o dodici giorni Antine cominciò ad annoiarsi, a stizzirsi, a riprovare quella penosa sensazione di vuoto e di tristezza che l'aveva oppresso la sera dell'arrivo. Dormiva a lungo, indugiandosi la mattina a letto, e il sonno pesante di quelle calde notti lo snervava. Non aveva ancora aperto un libro: inutile poi dire che dalla sua partenza dal Seminario non aveva più pregato, scordando persino di farsi il segno della croce.

Quando era nella casa di mattoni, il vecchio zio Pera non lo lasciava un momento tranquillo, tentandolo in tutti i modi perché lo aiutasse nelle sue fattuccherie.

- Dimmi, fiorellino mio, te la faccio venire quella persona?

- Quale persona?

- Quel bandito.

- E per che cosa?

- Per far quella cosa, agnellino mio.

- Quale cosa?

- Quella fattura.

- Oh, andate all'inferno, zio Pera! Non mi tormentate, che il diavolo vi tormenti.

- Ah! Ah! Tu imprechi! Cattivo sacerdote! Se ti sente tuo padre, rosignuolino mio! Astuto quel tuo padre! Ha un figlio che impreca e lo vuol far prete, che una palla gli trapassi il fiele. Dunque, si fa o non si fa?

- Oh, zio Pera maledetto! Voi volete che non metta piede in questa rovina di casa. Ora ne ho le tasche piene. Lasciatemi tranquillo.

Zio Pera lo lasciava tranquillo un bel po' poi tornava all'assalto.

- Dammi almeno la sottana, vitellino mio. Non te la guasteremo. E un libro. La sottana ha i bottoni rossi come bacche di prugnolo, ma credo che ciò non importi. Quanto vuoi?

- Voglio un corno. Se continuate a seccarmi scrivo al padrone. E gli scrivo che, oltre il resto, delle mandorle voi gli lasciate solo il guscio.

- Tu menti, pretarello. Tu imprechi, tu menti, tu infine hai ogni vizio. Lo sa ben egli, tuo padre, perché ti vuol far prete.

- Oh, andate tutti in malora! - gridò Antine, fuggendo con le mani fra i capelli.

Anche suo padre non andava scevro di superstizioni, e ciò dava maledettamente ai nervi del seminarista.

Poco dopo il suo arrivo, accadde per esempio questo fatto.

C'erano alcune vacche infette da verminazione. Invece di curarle normalmente, zio Felix aspettava che la luna fosse fuori, cioè fosse visibile, per praticare i berbos, parole magiche per il cui potere i vermi dovevano cadere dalle piaghe delle bestie.

Tutti i paesani sardi credono nella potenza dei berbos, che sono di molte specie, di molti riti e per molte cose. Ce ne sono per guarire il bestiame, per legare, cioè impedire alle aquile e alle volpi di rapire il bestiame minuto, per impedire ai cani di abbaiare, e ai fucili di sparare, per distruggere bruchi e altri animali nocivi, e infine per cento altre cose strane.

Zio Felix aveva fede illimitata nei berbos: ne conosceva moltissimi, ed anzi godeva fama che gli riuscissero sempre bene, onde spesso lo chiamavano qua e là negli ovili vicini per praticarli.

Appena la luna nuova apparve come una piccola barca d'oro navigante fra i rosei vapori del tramonto, al disopra di Monte Urticu, egli pensò di recitare i berbos per le vacche malate.

Le riunì tre sere dopo, vicino al fiume. Antine assisteva alla scena.

La notte era appena calata: la luna nuova scendeva dietro gli oleandri, l'acqua del fiume aveva lunghe scie d'argento pallido, e il cielo aveva la stessa purezza dell'acqua. Che pace, che dolcezza profonda! Le vacche, quasi tutte rosse, oscure dal lato che la luna non illuminava, si leccavano le piaghe, sbattendosi nervosamente la coda fra le coscie. Zio Felix si tolse la berretta, si scalzò, si segnò tre volte. Aveva nella mano destra, fra il pollice e l'indice, una piccola falce, o meglio un coltello in forma di falcetto. Sul petto, al disopra del gabbano, gli pendeva il mazzo delle sante reliquie, appeso al collo con un cordoncino unto. Egli sembrava inspirato: quando sollevava il volto verso la luna, i suoi occhiali brillavano come due enormi occhi di giavazzo.

Appoggiato ad un oleandro, Antine guardava; altre volte quelle cerimonie l'interessavano; ora ne provava quasi disgusto, sprezzante e ironico.

Zio Felix mormorava i berbos, le misteriose parole, con le braccia tese e il viso alto. Invocava egli la potenza della luna, degli astri, delle tenebre; lo spirito delle acque, le deità dell'aria? Certo, invocava qualche cosa, ma Antine non giungeva a capire le arcane parole. A un tratto zio Felix fece tre passi indietro, tese indietro le braccia, e si curvò all'indietro. Col falcettino spiccò tre steli di giunco, ritirò le braccia in avanti, si sollevò e andò verso il fiume, sempre mormorando le arcane parole. Annodò a più riprese il giunco e lo lanciò sull'acqua che lo trasse nella sua silenziosa corsa; poi si segnò col falcettino, si curvò sull'acqua, bagnandosi prima le mani, poscia i piedi, e rimise entro la rozza camicia il mazzo di reliquie. La cerimonia era compiuta: quando il giunco si marcirebbe entro l'acqua, le vacche guarirebbero.

Ma le vacche non guarirono, e zio Felix disse che la cerimonia non aveva avuto effetto perché Antine vi aveva assistito senza crederci.

E Antine continuò ad annoiarsi, a rattristarsi. Si levava a sole alto, e rimaneva quasi tutto il giorno vicino al fiume, tra i freschi aliti della brezza che sfogliava gli oleandri. Altrove, nella tanca, il caldo era intenso: fiamme ardenti salivano dalle stoppie d'oro; le vacche e i puledri domati dal calore snervante, meriggiavano nelle corte ombre delle macchie e dei muri. Solo dopo il tramonto il fresco alito del fiume saliva e dilagava per la tanca; di notte, poi, quando la luna batteva sulle stoppie, e i grilli cantavano, la dolcezza era infinita, infinita.

La linea argentea della tanca sfumava nel breve orizzonte in un lago di sogni, e quello sfondo vaporoso assorbiva gli sguardi e la fantasia di Antine con attrazione quasi magnetica.

Che c'era là lontano? Là, dietro le luminosità dell'orizzonte? Mentre zio Felix pregava seduto sopra una pietra, ringraziando Santa Varvara e Sant'Elias della felicità sua e del figliuolo, il figliuolo si sentiva profondamente triste e infelice, perché l'orizzonte lunare gli causava un prepotente desiderio di vita, una nostalgia appassionata, di cose mai vedute, di cose ignote, di cose impossibili.

Era in questo stato d'anima quando, verso la metà di settembre, dopo una noiosa visita al paesello miserabile, andò ad una festa campestre. Là incontrò il padrone delle tancas, delle vacche e dei puledri, il giovane cavaliere, don Elia, ch'era ancora sotto tutela. Questo non gli impediva di divertirsi in ogni possibile modo: nella festa campestre faceva mille pazzie, ballando il ballo sardo, spendendo, pigliando parte alle corse col suo cavallo bianco come il latte, facendo la corte alle belle donne, e ubbriacandosi. Don Elia era bello e simpatico; aveva venti anni, ma ne dimostrava sedici, bianco, pallido, coi capelli e gli occhi nerissimi. Aveva però i denti orribilmente guasti, il che, quando rideva, lo deformava alquanto. Vestiva di bianco, con una paglietta che sembrava un cappello da donna, guarnita di tulle rosa, attaccato all'occhiello del gilè con un lungo cordoncino di seta a più colori.

Vedendo Antine lo abbracciò e baciò con entusiasmo. Il seminarista sentì esalar dalla bocca del padrone, le cui labbra erano lucenti e fresche come quelle d'un bimbo, un pestilenziale odore d'acquavite, e ne provò sulle prime un'impressione disgustosa; ma a poco a poco l'affabilità e la cortesia smodata di don Elia lo soggiogarono.

- Ti ricordi, Antine, che pugni ti ho dato una volta? Ora sei più alto e forte di me. Andrai a far il soldato?

- No: allora avrò i primi ordini.

- Ah, sì, tu ti fai prete. Che sciocco!

Egli disse ciò con tanto sarcasmo fine, compassionevole, che Antine ebbe uno dei suoi soliti accessi di rossore, che lo rendevano pavonazzo. Gli sembrò incollerirsi; ma in fondo in fondo era un po' d'umiliazione che lo faceva arrossire.

Intanto Elias se lo trascinava dietro, di liquorista in liquorista, e lo incitava a bere piccoli calici di mescolanza (acquavite) nitida e ardente come diamante sciolto.

Sulle prime Antine rifiutava, torceva il viso, allontanava il calice con la mano; poi beveva per compiacere il padrone, per deferenza, per soggezione, poi per gusto.

Una gioia febbrile cominciò a bollirgli in cuore; e tutto gli girò attorno, ma in danza lenta e deliziosa. Verso sera tanto egli che Elias si trovarono ubbriachi come due contadini.

- Io devo tornare all'ovile - disse Antine balbettando e cercando il cavallo.

Elias rise sguaiatamente, con gli occhi languidi, e rispose:

- Tu sei ubbriaco, non vedi? Sei ubbriaco come... non ti dico neppur come. Dove vuoi andare?

- All'ovile. Mio padre aspetta.

- Chi è tuo padre? Un mio pastore. Resta dunque col tuo padrone, ché egli non ti dirà nulla.

Altrimenti lo caccio via.

- Del resto, anche tu sei ubbriaco! - gridò Antine adirandosi.

- Sicuro, sono ubbriaco! Cosa vuoi dire con ciò? Che non sono il padrone forse?

- Non dico questo...

- E allora cosa dici tu, pretino bavoso, ubbriacone? Sono sì o no io il padrone? Chi sono io, rispondi?

- Sì, tu sei il padrone - disse l'altro timidamente. Aveva paura che don Elias scacciasse zio Felix.

- Ebbene, se sono il padrone rimani con me, qui. Andremo domattina assieme. Tuo padre non solleverà neppur l'arco delle sopracciglia.

- Tu verrai con me?

- Sì; verrò con te. Verrò perché dovevo venirci, perché so che tutti laggiù mi rubate. È tempo che dia attenzione alle cose mie.

- Tu verrai con me? - ripeteva Antine imbambolito. - Perché verrai?

- Non te lo sto dicendo? Sei sordo? Verrò perché così mi piace, non per far piacere a te. Io sono un cavaliere, e tu, cosa sei tu? Un uomo che si fa prete!

Sebbene ubbriaco, Antine arrossì ancora, nuovamente provando la strana impressione sofferta la mattina.

L'altro proseguì:

- Siamo però entrambi ubbriachi davvero. Cosa ti pare? Siamo o non siamo ubbriachi? Io credo di sì.

- Anch'io.

- Andiamo a nasconderci, allora.

Passarono la notte all'aperto sotto un albero, una grande quercia attraverso i cui rami non vedevano certo brillar le stelle. Dopo lungo e pesante sonno, Antine fu il primo a svegliarsi: la testa gli doleva, le labbra aride e appiccicate erano amare come il succo dell'euforbia.

- Ah! - disse staccandole con lieve rumore. - Mi sono ubbriacato. Che direbbe mio padre, se lo sapesse?

Ed ebbe vergogna, non per suo padre, ma per sé stesso. Ricordò subito le maligne insinuazioni di zio Pera:

- Bel sacerdote diventerai! Tu imprechi, tu parli male, tu...

- Ti ubbriachi! - gridò fra sé.

E tosto gli parve che sarebbe diventato davvero un cattivo sacerdote, e se ne rattristò.

Don Elia tenne la parola. Andò all'ovile con Antine. Durante il viaggio, caracollando sul suo magnifico cavallo bianco, che ogni tanto aggiravasi fieramente su sé stesso, spaventando il ronzino d'Antine, Elia tornò ad essere un giovinetto elegante e disinvolto. Il suo costume bianco s'era di molto sporcato; il suo volto era più bianco del consueto, e la sua voce rauca; ma egli pareva pentito dello stravizio del giorno prima.

- Ci siamo ubbriacati - diceva ogni tanto. - Io non ho pensato male di te perché la colpa è stata mia, ma tu che avrai pensato di me?

- Nulla; non ne avevo il diritto...

- Né la disposizione...

Risero, ricordando tutte le impertinenze che s'eran dette la sera innanzi. D'una, però, Elias non sembrava pentito: della sua sprezzante beffa per la carriera d'Antine. E ogni volta che ci tornava su, il seminarista provava quell'umiliante senso d'oppressione sentito fin dal primo momento.

Zio Pera sapeva già dell'arrivo del padrone, perché un suo amico bandito, ch'era stato anch'egli alla festa, aveva preceduto i due giovinetti. Il servo aveva quindi preso le sue misure; il che non gli proibì d'accoglier con finta sorpresa il giovine cavaliere.

- Come sta il tuo tutore? - gli chiese maliziosamente, togliendo la sella al cavallo.

- Il diavolo se lo porti - rispose Elias, mettendo il piede destro sopra una pietra per togliersi lo sprone. Zio Pera fu lesto a curvarsi, e mentre gli slacciava lo sprone, chiese a voce sommessa:

- Sei venuto per cercar soldi?

- A quanto pare.

- Credo che questa volta Felix Nurroi non ne abbia, ma forse potrà dartene suo figlio.

- Chi suo figlio? Antine?

- Antine.

- E come mai? - disse l'altro stupito.

- Tu sta zitto - disse Pera, appendendo lo sprone ad un chiodo. - Lascia fare a me. Parleremo un altro momento.

Saputo l'arrivo del padrone, zio Felix si rattristò. Ah, Dio ci salvi, il Signore comanda l'amore verso tutti, ma zio Felix non amava e non poteva amare il padrone, quel ragazzo vizioso, già pieno di debiti sino ai capelli, che di tanto in tanto si permetteva chieder del denaro anche a lui, al suo povero pastore, il quale lavorava tutto l'anno come uno schiavo, per poter tener il figliuolo agli studi ecclesiastici.

- Ti sei indugiato per ciò? - chiese ad Antine, che scese primo all'ovile. - Bada bene, figlio mio, tu sei un figlio di pastore, e il padrone è un cavaliere. Non ti conviene la sua compagnia.

- Perché? Invece di ringraziare!... - disse Antine stizzito.

- Bene. Ringrazia fin che vuoi, ma sta attento. Non conviene dir male del prossimo, ma bisogna che tu sappia che don Elia non è compagnia per te. Egli è ricco e non vuole studiare. Piglia denaro dagli strozzini e se ne va nelle città a divertirsi, lasciando senza attenzione il fatto suo. Eppoi non crede in Dio.

- Cosa volete? I signori son tutti così; non ci credono. Ma Elia è così giovine! Metterà testa.

- Resterà qui molti giorni?

- Non so; pochi, credo.

- Santa Varvara mia, fate ch'egli se ne vada domani - pregò fra sé zio Felix.

Ma il giovine padrone non se ne andò, né il domani né il posdomani. Tre giorni dopo il suo arrivo giunse a spron battuto un servo del tutore, per informarsi se don Elia si trovava nella tanca, giacché egli, al solito, era partito senza dire ove andava e perché: portava inoltre una bisaccia di viveri, ma don Elia li respinse insolentemente.

- Di' al tuo padrone che getti il suo pane e il suo presciutto ai cani. Io non ne ho bisogno. Va via, subito! Va al diavolo, tu e il tuo padrone. Se ti trovo un'altra volta sui miei calcagni ti faccio cacciar le viscere di bocca.

L'altro se n'andò mogio mogio, ma zio Pera lo precedette per un viottolo e gli fece scaricar la bisaccia in un sito deserto della tanca.

Don Elia continuò a menar vita allegra, passando le giornate con Minnai e con Antine, bagnandosi nel fiume, cantando e giocando. Con Antine mangiavano e dormivano assieme: correvano sui cavalli domiti, nuotavano, giocavano a carte e alla morra muta come due facchini. Il volto bianco e la bianca veste del cavaliere pigliavano una spiccata tinta polverosa; la garza rosea della paglietta era sbrandellata come se tutta la siepe della tanca ci avesse avuto che fare: il cordoncino, poi, pendeva al collo di Minnai, sostenendo una mediaglietta di Sant'Elia e un centesimo bucato.

Un'ombra passava dietro gli occhiali di zio Felix. Ah, se non fosse stato per l'amor di Dio, il buon uomo avrebbe imprecato il padrone per la vita scapestrata che faceva condurre ad Antine. Tutte le prediche riuscivano vane. Del resto, don Elia era così allegro, affabile, divertente; sembrava spassarsi così innocentemente, che pareva un ragazzo buono e senza malizia come il piccolo Minnai, e si faceva amare o almeno compatire. Talvolta zio Felix si diceva:

- Via, sono uno sciocco, un vecchio peccatore. Che male c'è se essi sono ragazzi e si divertono? Antine ha tanto studiato lungo l'anno: è giusto che si spassi un pochino. Egli ha ragione: dovremmo ringraziare don Elia per la sua bontà.

Il vaccaro e il cavallaro, poi, erano entusiasmati del giovine padrone: non parlavano di altro che di lui, delle sue ricchezze, delle sue prodezze. Qualche volta giungevano persino a bisticciarsi o per un particolare della persona di Elia, o per il valore più o meno reale della tanca, dei puledri e delle vacche, o per la cifra dei suoi debiti.

Antine era messo da parte, dimenticato, offuscato dalla presenza rumorosa del nobile padrone. Ma egli non ne provava gelosia, completamente affascinato da Elia. Dacché questo animava con la sua presenza la selvaggia solitudine della tanca, Antine non si era più annoiato o rattristato come nei primi giorni. Il vuoto era scomparso dal suo cuore: egli amava finalmente qualcuno che gli penetrava nell'anima non con la fredda benevolenza dei superiori, o con l'ignorante e semplice affetto dei suoi poveri parenti, ma con un ardore di fascino quasi morboso. Era Elia. Antine sentiva per lui affetto, amicizia, ammirazione, soggezione. Se avesse incontrato una donna non l'avrebbe amata con egual sentimento, nel quale s'esplicavano tutte le nascoste potenze affettive della sua adolescenza pura. Elia non coltivava punto quest'affetto, e neppur lo capiva. Egli non aveva né la profondità né l'intelligenza del figlio del pastore; era un semplice incosciente, un egoista simpatico, e si serviva d'Antine per distrarsi nella noia della vasta solitudine, nella quale s'indugiava non perché il paesaggio o la sua proprietà lo attraessero, - non aveva alcun sentimento della natura, e nessuna preoccupazione dei suoi affari, - ma per uno speciale scopo.

Una sera i due amici stavano nella cameretta di Antine. Non avevano acceso il lume, ed Elia stava audacemente seduto alla finestra, con le gambe penzoloni all'esterno. E cantava:

- O tu che giaci là su la fiorita

Collina tosca, e ti sta il padre accanto...

La sua voce un po' fessa, stanca, cupa, si perdeva nell'aria buia della notte. Ed avea un'intonazione distratta: senza dubbio Elia pensava ad altro che alla sua canzone. Antine gli stava dietro, ritto, e lo ratteneva per le braccia, pauroso di vederlo cadere. La notte era fresca, quasi umida: lunghe nuvole e sottili solcavano il cielo. E in quella quiete profonda le fragranze salivano intense, e le voci della notte, - il romorìo della cascatella lontana, qualche latrato di cane, una nota sempre eguale di cuculo, il tremolìo dei grilli, - parlavano con arcane vibrazioni. Antine immergeva lo sguardo nell'orizzonte incerto, sulla cui opacità quasi cinerea brillavano acute stelle dalle oscillazioni verdognole e rossastre. A differenza di Elia, egli sentiva tutta la struggente malìa della notte, ma non si rattristava più; s'immaginava che il compagno dividesse i suoi sentimenti, le sue sensazioni, e non provava più la tristezza della solitudine; a momenti anzi gli pareva di provare ancora la gioia febbrile procuratagli dall'ubbriachezza dell'acquavite, ma era una gioia irrequieta, che cercava, che desiderava, che voleva qualche cosa d'ignoto. In quella sera l'anima del seminarista era come un fiore aperto verso il cielo, in attesa della rugiada. Elia smise di cantare quando ebbe trovato le parole che cercava.

- Dimmi un po', Antine, dopodomani io parto, non è vero? Ma tu non sai ancora perché son venuto qui.

- Per vedere il fatto tuo.

- Uhm! C'è poco da vedere! - disse l'altro con sprezzo. - Tuo padre è fedele fino alla sciocchezza; i cavalli e i puledri non si possono mica trafugare; c'è soltanto quel vecchio negromante di Pera che delle mandorle mi lascia solo il guscio; ma cosa sono due mandorle? Io me ne infischio altamente; ma tu non sai perché son venuto. Indovinalo un po'.

- Per divertirti.

- Macché. Indovina, indovina.

- Ma... non saprei.

- Ebbene, te lo dico io. Sono venuto per cercar del denaro.

- Del denaro? Qui? - chiese l'altro ridendo.

- Sì, del denaro; non ridere, mio caro. Qui ce n'è più che altrove, ma tuo padre questa volta non ha voluto favorirmi.

- Questa volta?

- Sì, caro mio, questa volta. Perché altre volte mi ha favorito. È vero che mi son dimenticato di restituirgli il fatto suo, ma certamente non per cattiva volontà. Non sarò sempre padrone per burla, e allora saprò il mio dovere. Tuo padre mi ha prestato senza interessi né cambiali a scadenza di due o tre anni, come altri strozzini, ma egli è il più sicuro di tutti. Sai quanto gli devo? Indovina.

- Cento lire? - disse Antine, timidamente, credendo esagerare.

- Altro che cento lire! Di più.

- Duecento! - disse l'altro stupito.

- Di più ancora.

- Trecento.

- Ancora, ancora!... - esclamò don Elia, guardando lontano.

Antine arrossì nell'ombra: per un momento credette che suo padre fosse creditore di somme enormi verso il padrone, e ne provò uno strano smarrimento.

- Cinquecento - disse, e questa volta si stupì nel sentirsi rispondere:

- No, no, di meno.

- Quattrocento.

- Di meno ancora. Tu fai cifre tonde! Trecento settantadue.

Antine non rispose, e anche don Elia parve imbarazzato. Solo dopo un lungo silenzio riprese a parlare, con le mani ferme sul davanzale e il capo spinto all'interno della stanza. La sua voce vibrava alquanto commossa nel silenzio sempre più intenso della notte.

- So a che cosa pensi, Antine. Tu pensi: «A che mai gli servirà tanto denaro?». Pensi così, non è vero?

- No, no...

- Non dirmi di no. Non essere ipocrita prima dell'ora. Che vuoi? Tu non puoi sapere come si ha acuto bisogno di denaro quando non se ne ha. Un uomo libero, d'una certa condizione, spende sempre enormemente. Tu dirai: «Ma come spendi?». Non lo so neppur io. Ma ho sempre bisogno di denaro. È una cosa così bella spendere! Si dice che io faccia debiti per le spese di città. Non è vero. Vedi, a Cagliari son vissuto un mese con cinquantacinque lire. A Napoli poi ancor meno. Con quarantacinque lire uno studente a Napoli vive da signore. Là non ti conosce nessuno, vai e ti fai la spesa, vivi modestamente e addio. Io spendo invece quando sono in paese: molti dicono che io lo faccio per far dispetto al mio tutore. Non è vero, non ci credere, caro mio. Io spendo perché è proprio necessario spendere, perché se tu giri tutta la Sardegna trovi che tutti i proprietari sardi spendono il doppio e il triplo delle loro rendite. Eppoi, dirai tu? Che so dirti? Io spero riavermi; vendendo i soli puledri pagherò tutti i miei debiti, poi piglierò una moglie ricca e poi, passata la gioventù, si cessa di spendere, si lavora, si pensa ai figli. Ma la gioventù bisogna goderla: a che altro serve la vita? Dopo tutto è una stupidaggine non godersela. Tanto, vedi, fra cinquanta, fra cento anni questa tanca apparterrà ad altri: di noi non si troveranno neppur le ossa. Può anzi benissimo darsi che ciò sia fra un anno. Godiamo dunque, spassiamoci. Io sono fatto così, sono un tipo allegro, buono in fondo, sai, buono come il pane, e non odio nessuno, neppur mio zio, per quanto si dica. Dopo tutto egli fa il suo dovere: pensandoci bene gli do ragione. Ma che vuoi? Io ho bisogno di denaro: senza denaro io non posso vivere. Cosa è un uomo senza denaro? È come un uomo che abbia le scarpe rotte: sarà il primo galantuomo del mondo, ma tutti lo disprezzano. Sai quanto ho speso in questa stupida festa di Sant'Elia? Duecento lire. Dicono che io abbia dei vizî; ma e là, in quella stupida festa, che vizî potevano esserci? Eppure ho speso tanto. Che vuoi? Quando non si ha denaro si fa di tutto per procurarsene; quando poi lo si ha si spende: è una cosa che sembra naturalissima, semplicissima, specialmente se si è fra la gente. Il giorno in cui io non avrò denari, son certo che andrò a gettarmi nel Tirso. E questo giorno potrebbe esser dopodomani, se domani non riuscirò a procurarmi cinquecento lire che assolutamente mi bisognano. Tu puoi procurarmele.

- Io? - disse Antine, stordito da tutte le cose udite, e che tuttavia, dette così da Elia, gli parevano naturali, vere. Ah, sì, la vita doveva esser così, non come la sua, stupida e gretta. Ah, sì, quelli erano uomini! Ed egli, egli che cosa era mai? Un uomo senza denari, sì, un uomo misero, un uomo dalle scarpe rotte. Ah, sì, quella era la vita, quello era il mistero intraveduto fra le vaporosità del solitario orizzonte.

- Sì, tu, sì, tu, non farmi lo sciocco! - proruppe l'altro audacemente, accorgendosi della sua superiorità.

- Da chi? Dal babbo mio?

- Macché tuo padre! Se non si è lasciato commuovere da me, figurati se ascolterà te! Eppoi, a dirtela, credo che non ne abbia...

Antine ebbe un fine sorriso: ora credeva invece che suo padre avesse grandi somme.

- Ma da chi allora?

- Senti, bisogna che mi spieghi. Mi sono rivolto anche a Pera. Vedi, questi vecchi sciocchi, alle volte, possono farla più che i ricchi e astuti cittadini. Io credo che in Sardegna il denaro veramente si trovi in campagna. Ma lasciamo star ciò. Pera mi ha detto che egli conosce una persona, un bandito, il quale mi favorirà di certo, ove tu lo voglia...

- Basta! Ho capito! - gridò Antine adirandosi contro zio Pera. - No, non lo farò mai!

- Non gridare, caro mio. Perché non lo farai mai? Spiegami.

- Non lo farò... perché non lo farò!

- Questa non è ragione.

- Sì; è ragione, è ragione, ti dico che è ragione. Non lo farò mai, possa tu vedermi con gli occhi fuori.

- E non li porti fuori? - disse l'altro canzonando. - Dove dunque li porti? (Si volse a guardarlo, e si guardarono, vagamente scorgendosi nel buio grigiastro). Vedi bene che non ragioni. Sei uno stupido.

- E tu sei un sacrilego.

- Macché sacrilego d'Egitto! Sacrilego si è quando s'adoprano cose sacre a scopo profano. Ora noi possiamo servirci d'un libro qualunque, - e già credo che tu di libri santi non ne hai, - e la tua tonaca forse è benedetta? Niente affatto: dunque sacrilegio non v'ha. Peggio per gli sciocchi e gl'ignoranti. E in questo caso saremmo noi se...

- No! No! No! Non voglio, non voglio! - gemeva Antine battendo i piedi al suolo come un bimbo.

- Bene - disse Elia con freddo disprezzo, appoggiando le mani ai due lati della finestra. - Non arrabbiarti. Giacché non vuoi non sarà. Tanto parlar con te è inutile, e tanto meno ragionare. Cosa mai si può parlare, - disse poi come fra sé, - con un uomo, con un giovine che si fa prete senza vocazione?

Antine sentì sbollire la sua collera, e un senso angoscioso di freddo lo assalì. Quelle parole, dette con quel tono, da quelle labbra, lo fulminavano. Le sue mani si fecero fredde, i suoi occhi videro un buio profondo. Sentì che Elia diceva la verità, ed ebbe una grande voglia di piangere. Elia capì d'averlo offeso: d'un balzo si ritirò dalla finestra, e fu in piedi accanto all'amico, ritti davanti a quel misterioso sfondo di notte quieta e fragrante.

- Scusami, - disse Elia con voce mutata, - io ti ho offeso. Ma tu non mi vuoi bene...

Grosse lagrime caddero dagli occhi di Antine, che si morsicò le labbra tremanti per non scoppiare in singhiozzi. No, egli non era offeso: era atterrato, era vinto.

- No, no, io... io ti voglio bene. Sei tu che devi scusarmi... Farò quello che vuoi... domani, subito, quando vuoi.

L'indomani, al meriggio, fecero la cosa. Venne il bandito. Era un bandito già famoso, temuto, creduto terribile; ciò nonostante era un giovine di ventidue anni, bellissimo, simpaticissimo di viso. Aveva i capelli neri, lucidi, ritti sull'alta fronte bianca, gli occhi castanei limpidissimi, soavi, la bocca pura: era alto, snello, roseo, pulito: sembrava una bella fanciulla travestita da uomo.

Elia ed Antine lo guardarono con avida curiosità, facendogli molte domande suggestive; ma egli, se era superstizioso, non era punto ingenuo, e rispose canzonandoli. Non s'accorgeva però che il burlato era lui.

- Come tu puoi credere alle fatture? - gli disse Antine. - Io ritengo che il tuo archibugio potrebbe, più che altro, liberarti dal tuo nemico.

- Ma appunto il mio archibugio è legato da una fattura del mio nemico. Quante volte ho tentato sp
arglielo sulle reni! E sempre ha negato il colpo.

- Ma allora non potresti fartelo sciogliere?

- Potresti scioglierlo tu?

- Io non sono un negromante! - gridò Antine adirandosi. - Perché non lo sciogliete voi, zio Pera?

- Abbiamo provato - rispose questo con perfetta calma, fissando sull'archibugio in questione il suo occhio turchino. - Non ci è riuscito.

- Basta - disse il bandito. - Spicciatevi perché ho fretta.

Antine parve volersi togliere ogni scrupolo, dicendo:

- Bada però che io non son sicuro di riuscire. Non ho ancora gli ordini.

- Ciò non importa: siamo sicuri del fatto nostro, noi; spicciati, agnellino mio, ché questo ragazzo ha fretta - disse zio Pera.

Antine indossò la sottana, mise in testa il berretto da seminarista: sentiva una tristezza cupa, un profondo disgusto di sé stesso, e senza la presenza d'Elia si sarebbe ad ogni costo rifiutato d'eseguire il sacrilego inganno. Zio Pera chiuse la finestra. Fuori incombeva il meriggio: certi lontani lembi della tanca sembravano stagni d'oro liquefatto. Coll'ardente profumo degli oleandri saliva un fresco gorgheggio d'uccello palustre. Antine aveva un Libro della Settimana Santa rilegato in pelle nera e col taglio rosso. Lo tirò fuori dalla valigia, mentre zio Pera si fregava un zolfanello sulla coscia per accendere un cero ritto sul tavolo; e rivolto ad Elia ed al servo disse quasi rabbiosamente:

- Uscite dunque fuori!

Elia e zio Pera usciron fuori. Il bandito si tolse la berretta: alla luce tranquilla del cero la sua bellissima testa parve quella d'una donna. Antine aprì a caso il Libro e lesse:

«Povero son io ed in affanni sin dalla mia prima età: cresciuto poi fui umiliato e depresso...».

Il bandito corrugò la fronte e si batté una mano sul petto. Ah, quelle parole corrispondevano pienamente al suo pensiero!

Antine finse di continuar a leggere, ma pronunziò questi versetti combinati con Elia.

«I miei nemici mi perseguitarono e mi vinsero: ed io ero innocente. Signore, punisci la tracotanza dei miei nemici».

- Signore, punisci la tracotanza dei miei nemici - ripeté fra sé il bandito. Egli era in buona fede, e credeva compier opera di giustizia facendo battere a libro il suo nemico: quindi s'entusiasmava, e a misura che Antine leggeva, o fingeva di pregare in silenzio, o sollevava gli occhi al cielo, anch'egli pregava, sollevava gli occhi e si picchiava il petto col pugno.

«Come un cane arrabbiato i miei nemici mi rincorsero e mi spinsero per le campagne deserte. Ora una pietra è il mio guanciale, mio letto è la dura terra. Fino a quando durerà questa iniquità?

Tesero contro di me il loro arco, e mi lanciarono le freccie avvelenate: la loro lingua mi disse assassino, e disse che io avevo derubato il viandante e il pellegrino.

Solo perché non mi diedi nelle loro mani e non aiutai le loro nefandezze. Signore, punisci la tracotanza dei miei nemici.

Ma il mio cuore è puro, la mia lingua ha cantato le grandezze del Signore: ed io ero innocente. Signore, punisci la tracotanza dei miei nemici.

E il Signore udì le mie grida, e le corna dei miei nemici si spezzarono come corna di ariete verminoso».

A questo punto Antine chiuse il Libro e finse pregare con gli occhi sollevati: poi depose il volume sul tavolo e vi batté sopra, fortemente, le mani in croce.

Il bandito ebbe un brivido.

Antine riaprì il Libro; fingendo sempre di leggere, e non tralasciando di volger le pagine:

«Signore, ascolta la parola del tuo servo: punisci i miei nemici secondo la tua giustizia».

- Inginocchiati - disse al bandito.

Questi s'inginocchiò, ma ebbe uno scrupolo e mormorò:

- Io ho molti nemici, ma è contro uno solo che voglio... tu mi capisci...

- Bene; capisco, ma fa lo stesso.

«Punisci il mio nemico secondo la tua giustizia. Che egli abbia la casa ricolma d'ogni tuo bene e non possa mai saziarsi.

Che neppure le pietre possano saziarlo».

Nuovamente chiuse il Libro: nuovo sollevamento d'occhi al cielo, nuova invocazione tacita e nuovo pugno sul libro chiuso.

Il cero mandava una lunga fiamma fumigante; il bandito provava una forte commozione.

Antine riprese la finta lettura:

«Signore, ascolta il tuo servo, ecc.

Che l'acqua gorgogli perenne intorno alla casa del mio nemico ed egli non possa mai dissetarsi.

Che neppure le salate acque del mare possano dissetare il mio nemico».

Per la terza volta chiuse e percosse il Libro. Poi lo riaperse, lesse altri cinque o sei versetti inconcludenti, prese il cero e con esso segnò una larga e lunga croce sul capo del bandito. Poi disse a questi di sollevarsi. Il nemico era conciato per le feste.

Il bandito si sollevò, alquanto sorpreso, perché credeva che toccando il libro si evocassero anche le potenze infernali. Almeno zio Pera aveva assicurato così.

In fondo rimase contento d'aversela cavata liscia; e dopo aver sborsato cinque fogli rossi pei quali Elia gli rilasciò una larva di cambiale, se n'andò felice, sicuro d'aver assistito ad una memorabile cerimonia per la quale il suo nemico morrebbe fra poco consunto dalla fame e dalla sete.

Elia si proponeva di partir l'indomani, ma accortosi che dopo la sacrilega cerimonia Antine era caduto in profonda tristezza, rimase ancora qualche giorno per distrarlo.

- Che diavolo hai? - gli diceva fissandolo negli occhi. - Ti dispiace d'avermi favorito?

- No. Non è questo...

- Cos'è dunque?

- Non è questo, non è questo - ripeteva Antine, ma non diceva altro.

- Vieni con me qualche giorno.

- Prova a chiederne il permesso a mio padre.

Elia provò, ma zio Felix non permise; e Antine rimase solo nella tanca, nell'immensa solitudine del suo cuore conturbato.

L'aria andava rinfrescandosi. Una notte piovette, e il fiume ingrossò, torbido, livido. Ma al ritorno del sole una indicibile dolcezza si stese per la tanca. Il cielo apparve alto, d'un tenero azzurro di perla: il fiume prese una trasparenza glauca di velo, di cristallo; e nell'aria spirò un soffio ineffabile, di lontane fragranze, di lontane cose, predicente le dolcezze autunnali. L'oleandro aveva sbattuto tutti i suoi petali sulle acque chiare, e s'ergeva con le acute foglie lavate dalla pioggia, scintillanti al sole; ma il mentastro fioriva ancora, dando alla brezza un irritante sapore di menta. Le vacche e le cavalle, gravi e lente, passavano lungo le rive, volgendo gli occhi al di là del fiume, alle vaporose lontananze. Durante questi giorni e nelle notti del magico plenilunio di ottobre, Antine si sentì più che mai immerso in un mare di tristezza. Si diede a studiare, cercando la solitudine, nascondendosi nei boschetti d'oleandri, fra l'acuto odore dei mentastri: ma lo stesso fascino della solitudine, quei sereni sfondi di paesaggio fluviale, la flautata musica degli uccelli palustri, accrescevano l'inquietudine del suo cuore. Scriveva lunghe lettere ad Elia esponendogli lo stato indeciso dell'anima sua, ma poi le lacerava, lanciandone i minutissimi pezzi nel fiume. E l'acqua tranquilla li portava via, lontano, - verso quello sfondo cerulo che struggeva l'anima di Antine, come petali di rose bianche sfogliate. Intanto il tempo passava. Antine desiderava con ardore il ritorno a Nuoro; confusi progetti gli fermentavano nel cuore.

Negli ultimi giorni che rimase nella tanca, provò però una certa emozione; gli pareva che arriverebbe tempo in cui egli rimpiangerebbe quei giorni sereni passati nel puro incanto della tanca e del fiume, vicino al semplice affetto de' suoi poveri parenti. Egli non aveva saputo gustare né l'uno né l'altro: l'ultimo anzi non aveva saputo nemmeno capirlo; però, negli ultimi giorni, s'accorse di questa sua ingratitudine e ne provò struggimento. Sentiva già uno strano rimpianto di cose perdute. Si riavvicinò alla semplice gente dell'ovile, giocò con Minnai, discorse con suo padre: ma neppure per un minuto gli venne in mente di confidare a quest'ultimo lo stato penoso del suo cuore.

La mattina prima di partire, zio Pera gli disse:

- Ho da parlarti a tre occhi.

Era un suo scherzo favorito; egli almeno lo credeva uno scherzo.

- Parlate, zio Pera.

- Sai, volpicina mia, quella cosa è riuscita. Com'è contento Antonio Francesco!

- Quale cosa, zio Pera? Chi è questo Antonio Francesco?

- Bah, il bandito!

- Quella cosa è riuscita! - esclamò Antine stordito. - Ma come è riuscita? Quando?

- Pare sia riuscita subito, ma, siccome s'accorsero della fattura, volevano tenerla nascosta. Pare abbiano cercato tutti i rimedi per scongiurarla, e non vi riuscirono. Ora però hanno dovuto dichiararla. Non gli bastano le pietre, agnello mio, non gli bastano le pietre per saziarsi. Antonio Francesco ha detto che quando avrai gli ordini te ne darà di bei denari!

Antine cominciò a incollerirsi, ma si frenò e disse:

- Non fatemi arrabbiare, zio Pera. Lasciatemi partir tranquillo.

- Come, volpicina mia, tu non credi che la cosa sia riuscita? Eppure è vero, come è vero che io ho un occhio sì e uno no! Anzi, senti. Ecco ciò che volevo dirti a tre occhi...

Tacque, grattandosi il naso, non trovando parole. La cosa doveva esser enorme se lo imbarazzava.

- Cosa c'è? - gridò Antine.

- Ebbene, senti, agnellino mio, non arrabbiarti, la cosa è vera, tanto vera che... senti, m'è venuta una persona, la quale mi disse: «È stata fatta qui la magia?». «Come, - grido io, - cosa dici tu, cane rognoso? Qui c'è solo un'anima innocente». «Eppure, - dice quello, - deve essere stata fatta qui, e l'uomo toccato a libro è disposto a dar duecento scudi purché chi l'ha fatta la sciolga». Ora, agnello mio, fa quello che credi...

- Ah, zio Pera, voi volete rovinarmi - urlò Antine paonazzo. - Uscitemi di tra i piedi, andate al diavolo, altrimenti non rispondo di me stesso.

- Vedi, bellino, è inutile arrabbiarti. Invece di rallegrarti! Antonio Francesco è disposto però a darti di più, purché non la sciolga, piccola faina.

- Andatevene dunque! - gridò l'altro con gli occhi verdi d'ira, afferrando ciecamente un libro.

Zio Pera se n'andò; e pensava:

- Quel ragazzo non ha la testa a posto. Vedrete che prete non si farà, no, no, no. Lo so io: è uno sciocco. Suo padre è astuto, che una palla gli trapassi il garretto, è astuto come una vecchia volpe, ma quello che sogna non gli riuscirà.

Durante il viaggio e nel suo paese, Antine s'informò prudentemente se davvero il nemico di Antonio Francesco era malato. Pareva di sì, tutti almeno l'affermavano. Antine ne restò sorpreso, addolorato; e solo dopo molti anni seppe che il nemico, avendo saputo che Anton Francesco lo aveva fatto toccar a libro, s'era finto ammalato per sfuggire le altre vendette del bandito.

Veniva la primavera. La tanca era tutta coperta d'un tenero verde; le acque del fiume prendevano una soave trasparenza celeste. Il sambuco cominciava a spandere la delicata fragranza dei suoi fiori di cera. I nuovi vitellini dal muso roseo e dalle orecchie forate, saltellavano fra l'erba.

Fu in quel tempo soave, mentre era sopracaricato dai lavori dell'ovile, che zio Felix ricevette brutte notizie di Antine. Già questo era da molto che non scriveva: solo nella settimana santa aveva mandato palme benedette, con le quali zio Felix, Minnai e gli altri dell'ovile s'erano ricamate croci nell'interno delle vesti, e formati anelli, crocette e amuleti.

Un fratello di zio Felix portò a questo una lettera del Rettore del Seminario, indirizzata al parroco di Ottana. Zio Felix si sentì tremare il cuore: qualche grave disgrazia doveva esser accaduta.

Il fratello gli lesse la lettera, a poco a poco, sillabando:

«... Venendo ora al suo protetto Costantino Nurroi, sono dolentissimo darle di questo gravi e cattive notizie. Mentre negli anni scorsi dava di sé le più belle speranze, tanto che Monsignor Vescovo, come già ebbi l'onore di scriverle, intendeva concedergli presto l'intera piazza gratuita...».

- Monsignore intende concedergli il posto gratuito... Vuol dire questo? - domandò zio Felix, che ascoltava col fiato sospeso.

- Vuol dir questo, ma aspetta, aspetta. C'è ben altro - rispose grave il fratello. E riprese la lettura:

«... intera piazza gratuita, quest'anno fa assolutamente disperare di lui. Ha più volte espresso intenzione, coi compagni, di non proseguire gli studi ecclesiastici; gli si sequestrarono più volte libri profani, ed ora ultimamente una lettera firmata "Elia" nella quale si dice che un certo Anton Francesco è disposto versare la somma richiesta. "Con questa, - dice la lettera sequestrata, - tu puoi benissimo liberarti da questa odiosa catena e imprendere studi liberi che ti portino verso gl'ideali che desideri". La lettera inoltre annunzia la prossima venuta a Nuoro di questo signor Elia. Ho quindi ritenuto urgente, reverendissimo signor Parroco, d'informarla. Prenda coi parenti del Costantino Nurroi i provvedimenti necessari, ecc. ecc.».

- Hai compreso bene, Felix, fratello mio? - chiese il paesano, fissando il volto sbiancato del povero uomo.

- Rileggi bene, spiegami bene ogni parola, fa questa carità, - disse zio Felix. Egli aveva benissimo compreso, ma non voleva ancora credere ai suoi orecchi.

L'altro rilesse lentamente, traducendo anzi in dialetto certe frasi; nel frattempo zio Felix si toglieva e rimetteva gli occhiali, diventando sempre più pallido e con le labbra cenerine. Sentiva mancarsi gli spiriti vitali, e non si faceva alcuna illusione. Antine era perduto.

- Io vado subito a Nuoro, - disse, - tu rimani qui, fratello mio; fa questa carità per amor di Dio.

Sellò il cavallo, partì subito; e sperava ridurre Antine a più savi consigli, ma in fondo gli persisteva la persuasione che tutto era perduto. Infatti un'ora dopo suo fratello lo vide tornare a spron battuto, più morto che vivo. Per istrada gli avevano consegnato una lettera di Antine. Egli non poteva leggerla, ma sentiva che dentro quella busta c'era una immane sciagura. E c'era infatti.

Antine era scappato dal Seminario e da Nuoro. Le poche righe febbrilmente tracciate dicevano così:

«Caro padre, quando riceverete la presente io sarò lontano da qui e da Nuoro. Perdonate l'immenso dolore che vi dò: ma questo risparmierà altri dolori più gravi che potrei darvi in avvenire, se continuassi in questa via per la quale non son chiamato. La mia decisione era presa da molto tempo, ma non osai aprirmi con voi perché, fisso come siete nella vostra idea, non mi avreste compreso. Non crediate ch'io vada a correre il mondo. Vado a studiare, a farmi uomo, e un giorno spero ricompensarvi di quanto avete fatto per me, nonché del dolore che oggi vi dò. Don Elia, che mi ama come un fratello, e che - forse lo sapete - è stato il primo ad aprirmi gli occhi, ha promesso aiutarmi negli studi.

Addio, addio, caro padre; vi scriverò meglio appena sarò sistemato nella nuova residenza. So che la legge mi sottomette ancora a voi. E voi fate quel che volete; ma credo che voi non mi farete un torto, ma quando anche vorreste farmelo, devo dirvi che nulla potrà costringermi a scegliere una carriera per la quale non ho vocazione. Perdonatemi dunque, caro padre, salutate Minnai, e credete sempre all'affetto e al rispetto del vostro infelice Costantino».

Zio Felix capì che nulla c'era più da fare; il fulmine era completo. Nonostante tutto il suo timor di Dio, s'abbandonò ad un eccesso di disperazione. Si gettò per terra, si strappò i capelli e le vesti, gridò, gemette. E subito gli spuntò in cuore un feroce odio contro Elia, causa d'ogni disgrazia.

- Perché gridi, fratello mio; stupido, perché ti tiri i capelli? - gli diceva il fratello, cercando rialzarlo. - Non ci voglion grida, non ci voglion pianti, da femminuccia. Alzati, va! Io lo inseguirei, lo farei arrestare, lo legherei come un cane.

- L'anima non si lega! - rispose piangendo il povero uomo. E a poco a poco riprese tutto il suo buon senso, la sua semplice saviezza. Si calmò, e poiché non poteva sottomettere l'anima del figliuolo, rinunziò anche agli altri suoi diritti. Anzi si pentì del suo eccesso di disperazione: gli parve aver fatto atto di ribellione contro gl'imperscrutabili voleri del Signore, ma nell'anima gli rimase un dolore senza misura, e l'odio feroce verso Elia.

- Io l'ammazzerei, io gli farei uscir le viscere per il cranio, - diceva il fratello, - io gli trapasserei le reni con la mia leppa a quel cavaliere asino, a quella bestia senza corna!

Zio Felix taceva; ma nel profondo del suo cuore una voce gli gridava come l'eco:

- Io l'ammazzerei, io gli farei uscire le viscere per il cranio...

Cominciò una vita terribile. Sentiva che se Elia tornava nella tanca, egli l'avrebbe assassinato, ma il timor di Dio, che ancora gli regnava nell'anima straziata, lo faceva piangere sul suo odio e sopra i suoi istinti di vendetta. Ma la vendetta era l'unica cosa che ancor lo teneva vivo: tutto il resto era perduto. La vista di Minnai, con quei grandi occhi inconsci e ridenti, aumentava il suo affanno. Gli metteva le mani sul capo e diceva:

- Che posso farmene di te? Tu non puoi rimediare al male. Tu sei come il puleggio che fiorisce e si dissecca inutilmente. Che posso farmene di te?

Passò il tempo. Antine scrisse, ma zio Felix sbranò la lettera con fredda ira. Poi, al solito, si pentì del suo atto violento. - Chi sa, - pensava, - forse egli è pentito: eppoi il Signore comanda il perdono.

Ah, il perdono! Ma egli non poteva perdonare, non solo, ma col tempo il suo odio si spandeva come macchia d'olio. Odiava il padrone e i suoi beni, la tanca ed i servi. Specialmente zio Pera gli destava una collera muta e fiera. Ogni volta che scendeva all'ovile - il vecchio ladro! - guardava intorno con aria beffarda, col suo occhio fisso e maligno. E diceva:

- Te l'avevo detto io, vecchia volpe, che tuo figlio si sarebbe fatto prete quando il nibbio avrebbe tessuto orbace! Che il diavolo ti cavalchi, la tua astuzia non è riuscita!

Che astuzia? Che cosa aveva detto egli, l'orbo maligno? Zio Felix si sentiva assaltato come da un cane arrabbiato che gli mordeva la gola: le membra gli tremavano d'ira, ma aveva la forza di dominarsi, e taceva e s'allontanava singhiozzando senza lagrimare. Antine scrisse ancora. Zio Felix, che attendeva quella lettera con una stolta speranza in cuore, se la fece leggere; ma Antine diceva esser contento della sua nuova vita; studiava e chiedeva nuovamente perdono.

Anche questa lettera fu sbranata, e poi un'altra e poi un'altra ancora. Allora egli non scrisse più.

Zio Felix sentì che suo figlio era completamente perduto per lui, e si trovò più che mai infelice.

Fece un pellegrinaggio, scalzo e a testa nuda, fino alla chiesetta di San Costantino, sita sui monti ove la sera il sole spariva come un enorme diamante.

- San Costantino, ridonatemi pace. Io sono un gran peccatore: pregate per me presso il trono del Signore. Strappatemi dal cuore questa spina: verrò ogni anno scalzo, a testa nuda, trascinando la lingua per terra.

Salì tre volte la chiesa trascinandosi sui ginocchi: il piccolo San Costantino, bruno e con le labbra grosse, guardava dall'alto, ma non udiva la preghiera di zio Felix.

Questo tornò all'ovile come v'era partito, con l'odio e il desiderio di vendetta nel cuore. Al solo pensare ad Elia, e ai denari che questo gli doveva, si sentiva tremare e non ci vedeva più.

Mai, in tutta la sua vita, aveva provato una cosa simile. Era un fuoco interno che lo distruggeva. Si sarebbe detto che il focolare delle passioni, sin allora spento in quell'anima timorata di Dio, divampasse tutto in una volta, accumulando la sua forza nel solo odio.

Zio Felix credeva che il demonio, sin allora vinto, ora lo dominasse vincitore, sfogando tutta la sua iniquità. E si disperava, vedendo l'inutilità del bene fino allora compiuto, ma non tralasciava di lottare.

Aspettava la venuta d'Elia con l'ansia sanguinaria d'un cacciatore alla posta: intanto però continuava nei suoi doveri di servo fedele. Gli altri rubavano come gatti affamati: egli gridava, si procurava la loro malevolenza per difendere gl'interessi del padrone, e vigilava anche su zio Pera.

- Puh, - gli diceva questo, sputandolo, - per quello che i padroni ti hanno fatto, volpe rognosa!

- Non t'importi di quello che i padroni mi hanno fatto! Fa il tuo dovere!

- Lo faccio, sicuro, e non è il mio dovere che faccio! Sei tu, agnello mio, che non hai mai saputo far il tuo, che l'aquila ti cavi un occhio!

- Per ora sei tu che ne hai uno solo.

- Meglio uno buono che quattro cattivi -. Accennava agli occhiali di zio Felix: e questo se ne andava per non proseguire il diverbio.

Il tempo passava: Antine taceva. Ma una volta Tanu dovette andare a Cagliari per testimonio, e lo vide e gli parlò. Portò all'ovile cattive notizie.

- Non ha denari: il padrone non gliene manda più. Pare che non ne abbia neppure per lui, perché nessuno gliene vuol prestare. Antine vive a stecchetto: forse ha più fame che appetito. Dice che si farà soldato. Ha perduto i colori, sapete, zio Felix; eppure Cagliari è la più bella città del mondo...

Ah, se vedeste!

- Che c'entrano i colori con la città! - disse il compagno. - Se uno ha fame non basta che veda una bella città per non esser pallido.

- Eppure, vedete, Cagliari è così bella che io non sentivo fame. Il mare...

- Macché mare d'Egitto! Io dico che tu avevi mangiato. Se uno ha fame, anche se vede il Cielo, io dico che sente fame. Cosa dite voi, zio Felix?...

- Tu sei invidioso, perché non vedrai mai una città! - disse Tanu.

Zio Felix ascoltava triste e silenzioso: in fondo al cuore, però, gli rinasceva una cara speranza.

Per tutto l'inverno, - giacché era d'inverno, - mentre Tanu raccontava le meraviglie della città, egli accarezzava la cara speranza. Sempre che vedeva arrivar un uomo dal paese, lo guardava avidamente, se mai aveva qualche lettera, e si sentiva battere il cuore.

Ma venne la primavera e la lettera non giunse. Solo sul finire di maggio, poco più di un anno dopo la fuga d'Antine, questo scrisse annunziando che si faceva soldato.

«Ho preso la ferma per cinque anni, - diceva, - e così diventerò sergente o furiere, e poi, se non mi piacerà seguir la carriera, avrò un posto governativo. È una cosa modesta... e non è questo che io sognavo, ma ad ogni modo sono contento d'aver deciso il mio destino.

Addio, caro padre, voi non mi volete perdonare, ma io ho già scontato il dolore che vi ho dato, e non mi stanco di chiedere il vostro perdono».

Tutto oramai era perduto, senza alcuna speranza. Zio Felix non disse nulla, ma sollevò sulla fronte gli occhiali, e stette a guardar la lettera coi piccoli occhi rossi che sembravano di vetro.

E il tempo continuò a passare. Antine scriveva di tanto in tanto: le sue lettere si facevano sempre più tristi, quasi disperate. Egli sentiva la nostalgia della patria e della dolce vita passata: era venuto il tempo presentito negli ultimi giorni passati nella tanca. Ma giammai accennava a pentirsi, a ritornare sui suoi passi: anzi desiderava ardentemente terminar la ferma per incominciarne un'altra, e sognava la guerra per avanzare o morire... Il suo carattere, però, s'era sviluppato alla scuola del dolore; e se non altro egli accennava a diventar un galantuomo.

Zio Basilio, il fratello di zio Felix, portava e leggeva queste lettere e ogni volta s'abbandonava a commenti crudeli.

- Lo vedi il castigo di Dio, fratello mio? Ora piange, la piccola bestia cornuta, ora si pente! Ben gli sta, ben gli sta! Che Dio lo castighi sempre più, il fuggitivo, il vigliacco, il disonore della stirpe! Che tutte le palle del Re gli trapassino il cuore!

- Ora avrebbe cominciato ad aver gli ordini, - diceva con amarezza zio Felix, - fra poco sarebbe stato sacerdote, e poi parroco e poi... Gli avrebbero regalato anfore di vino turate con rose, e grano, e miele, e pollastre bianche con nastri di scarlatto. Lo sciocco, lo sciocco, che ha disprezzato la sua fortuna!

- Iddio ti paga, fratello mio, - urlava zio Basilio, raschiando ferocemente, - ma questo è nulla, in confronto alle altre paghe che ti darà il Signore -. Accennava a don Elia, i cui affari, si diceva, andavano di male in peggio. Gli occhi vitrei di zio Felix scintillavano, e una voce dentro gli gridava:

- E se il Signore non mi paga, saprò pagarmi ben io.

Zio Basilio tornava in paese, e ogni mese spediva segretamente due lire al nipote.

In agosto, tre anni circa dopo la sua ultima venuta, don Elia tornò nelle sue tancas. Era maggiorenne, libero, rovinato. I cavalli e i puledri erano spariti dalle tancas, un sequestro gravava sulle vacche: fra un mese dovevano esser messe all'asta anche le tanche. Egli era sempre bello, bianco, col volto adolescente: solo gli occhi erano un po' infossati. E vestiva un po' goffamente, di fustagno oscuro. Zio Pera l'informò subito dei feroci propositi che Felix Nurroi nutriva contro di lui.

- Non fidarti, - gli disse, - non fidarti, piccolo cavaliere. Se ti fidi, egli ti schiaccierà come una lucertola. Una notte, senti, son sceso laggiù; egli stava sotto un oleandro e parlava fra sé. Diceva: «Lo ucciderò, lo ammazzerò, fatemelo venir qui, Sant'Elia!». Vedi bene, fiorellino mio, egli ti odia anche nel sonno. È feroce, sai; ha in tasca un coltello lungo così. Non fidarti, piccolo giglio, dà retta a zio Pera.

Elia lo lasciò dire. Un sorriso vago, triste, gli errava sulle labbra ancor fresche ma pallide. Coi gomiti appoggiati sul davanzale corroso della finestra, davanti alla quale, in una notte lontana, aveva veduto piangere il povero Costantino, egli guardava verso il fiume, con gli occhi affascinati dalla luminosità dell'acqua riflettente il cielo grigio-perla. A che pensava egli? Quali visioni attraversavano quei puri occhi che non avevano mai pianto; quali pensieri correvano dietro quella pura fronte che non s'era mai curvata sotto l'ombra del dolore?

Zio Pera lo fissava col suo occhio metallico e continuava a parlargli; nessuna risposta però, gli giungeva. Dovette andarsene via, scuotendo il capo e torcendo il collo. E pensava:

- È muto come una lumaca. Cattivo segno. Quel ragazzo guarda il fiume, quel ragazzo si ammazzerà, che Dio mi restituisca l'altr'occhio!

Zio Pera era un terribile profeta. Elia pensava appunto alla morte, e una sera scese verso il fiume.

Zio Felix lo vide dall'apertura della capanna, e un tremito gli percorse le reni. Da quattro giorni che Elia era giunto, egli non l'aveva ancora veduto: aveva però sentito la sua presenza, e da quattro giorni egli non beveva, non mangiava, non parlava, né dormiva. Di giorno aspettava con angoscia il momento nel quale Elia sarebbe comparso, e non osava muoversi dai dintorni dell'ovile: di notte saliva sino alla cinta sempre più rovinata del frutteto, e s'aggirava intorno alla casa come un cinghiale affamato. Qualche cosa di terribile, - il demonio, pensava egli, - lo spingeva e lo incalzava. Senza la presenza di zio Pera nella casa, egli sentiva che sarebbe penetrato fin là dentro, per compiervi un delitto.

Tutti gli spasimi dell'inferno lo dilaniavano. Perché in fondo all'anima egli desiderava vincer la sua passione, e non uccidere e non dannarsi. Ma non poteva vincer la potenza infernale che lo dominava; sentiva che giunto il momento fatale avrebbe sgozzato Elia come un agnello. Vedendolo attraversar la tanca, si slanciò fuori della capanna. Dopo il primo fremito sentì una calma strana, un sangue freddo peggiore d'ogni ira. Pensò:

- Egli va verso il fiume, va a bagnarsi. Il miserabile vuol spassarsi ancora: te lo darò io lo spasso. Aspetterò che tu ti svesta, che tu sii ignudo come il giorno che nascesti. Ti immergerò il coltello fra le costole e ti getterò nel fiume.

E camminò cauto, andandogli dietro a discreta distanza; con la mano in saccoccia palpava il coltello da tanto tempo affilato. Ogni lotta era cessata; egli non sentiva battergli il cuore, come non sentiva il mazzo di reliquie che gli pungevano il petto, come non ricordava che era vissuto più di cinquant'anni in preghiere per salvarsi l'anima. Il demonio lo trasportava.

Elia andava dritto verso il fiume, senza fermarsi né volgersi. L'acqua lo chiamava lo voleva, scintillante fra gli oleandri fioriti come una enorme e attorta collana di brillanti, come un grande occhio perlaceo pieno di fascini fatali. Laggiù, in quel bianco splendore, nella quiete delle rive pietrose e marmoree, fiorite di mentastri, fra gli oleandri slanciati nell'aria pura, che offrivano alle serene altezze del cielo i loro mazzi di rose amare, laggiù era la pace, l'oblio, il sogno lungamente inseguito. Gli uccelli palustri, nascosti nella profondità delle umide macchie, ripetevano il gorgoglio dell'acqua, il susurro de' giunchi scossi dal vento. Era la voce perlata d'una sirena che chiamava, che incantava, che assopiva ogni dolore, ogni ricordo, ogni rimorso, in un sogno profondo e chiaro come le acque del fiume.

Elia giunse fra gli oleandri, ma invece di spogliarsi, zio Felix lo vide fermarsi un momento e poi volgersi di fianco e costeggiare il fiume.

- Che egli non si bagni? - pensò contrariato. - Fra poco l'acqua sarà fredda.

Il sole era tramontato; lo splendore aranciato rosso del cielo si rifletteva sulla riva occidentale del fiume. Elia appariva e spariva fra gli oleandri; a un certo punto, dove l'acqua era più profonda, si fermò. Zio Felix era distante poco più di dieci metri, nascosto in una macchia di mentastri e sambuchi: attraverso gli occhiali, che ardevano riflettendo l'oro roseo del cielo, egli vedeva la snella figura di Elia ritto sulla riva bianca, in quel punto deserta di vegetazione, e aspettava di vederlo a muover le mani per togliersi il cappello e poi slacciarsi gli stivali e le vesti.

Elia si tolse infatti il cappello e lo lasciò cader per terra. Allora il cuore di zio Felix ricominciò a battere, irregolare, quasi convulso. In un attimo pensò mille cose, rivisse in quei lunghi due anni d'odio e d'angoscia. E gridò fra sé:

- Devo ammazzarlo? Colpirà bene il coltello? Sant'Elia aiutatemi!

Ma tosto ebbe orrore della sua invocazione: poi, ancor prima che quest'orrore svanisse, provò una intensa meraviglia e un intenso sentimento di gioia malvagia.

Elia s'era inoltrato e slanciato vestito nell'acqua. Un gorgo luminoso erasi aperto al di sopra del suo corpo, poi s'era chiuso e trasformato in una ruota, in un infinito ondular di cerchi via via degradanti per la turbata superficie dell'acqua.

- Il Signore mi ha vendicato! - disse tra sé zio Felix, ancor pieno di sorpresa. Ma improvvisamente, quasi il nome del Signore destasse mille echi sopiti nel profondo dell'anima, egli sentì la sua cattiva gioia cambiarsi in rimorso e la meraviglia in pietà. Tutti i suoi pensieri si confusero, il fiume, il cielo, la terra, ogni cosa gli parve ancor più velata e bruna, del come solitamente, attraverso i vetri neri degli occhiali, gli appariva. E fra questo improvviso turbamento di pensieri e di cose, vide chiari gli occhi celesti e sorridenti del suo innocente Minnai. Li vide in realtà o in visione? Non si sa; ma appena li vide sentì non solo accrescersi quell'arcano senso di rimorso e di pietà, ma ebbe una forte paura di aver lasciato correr troppo tempo senza muoversi. E tosto si tolse gli occhiali, le scarpe, il gabbano, tutte le vesti; e col solo mazzo di reliquie pendenti sul petto ignudo, si mise a correre sulle pietre levigate della riva, e si slanciò nell'acqua, sul preciso punto ov'era scomparso il suo nemico, tremando per la paura di non salvarlo a tempo.

NEL REGNO DELLA PIETRA

In una falda di Monte Bacchitta, sotto una corona di mostruose roccie granitiche che lo difendevano dai venti freddi del nord, c'era l'ovile di Sidru Addas, un pastore porcaro. Quest'ovile era composto della solita mandria di siepi, e della solita capanna a cono, di pietre e di rami. Un grande cane bianco, con una enorme testa, con gli occhi rossi, incatenato su una roccia, sotto un piccolo riparo di frasche, vigilava sopra l'ovile.

Il paesaggio era sublime: era il regno della pietra, intersecato qua e là da radi boschi d'elci e da chine che in primavera si coprivano d'asfodelo. Metà della Sardegna, fino ai golfi, ceruli nelle serene mattine d'autunno, fino ai vaporosi orizzonti chiusi da muraglie di montagne che l'aurora o il tramonto insanguinavano, si stendeva sotto il Monte. Quando il vento taceva, un silenzio indescrivibile era lassù, sotto quelle mostruose roccie allineate, grigie, enigmatiche.

Sbandati nel bosco un po' lontano, o, d'estate, nelle chine coperte dai lunghi cespugli dell'asfodelo metà verde, metà biondo, i porci non si vedevano mai, e tanto meno si vedeva il pastore.

Solo quel gran cane bianco, posato sulle zampe come un idolo mostruoso, con gli occhi rossi, fissi lontano, animava la selvaggia solitudine dell'ovile. Alcuni alveari di sughero stavano addossati alle roccie, e da essi, al principiar dell'estate, zio Sidru estraeva il miele amaro.

Egli calava raramente al paese, nel quale possedeva una casetta col cortile davanti, ombreggiato da un melograno e da una vite secolare: sua figlia Sidra saliva quasi ogni settimana all'ovile, recando viveri e vino e vesti da cambio.

Spesso ella s'indugiava e passava anche la notte lassù: andava e veniva sempre sola, conosceva a menadito la montagna. Non era più tanto giovine, era grassa, bruna, con begli occhi neri scintillanti; aveva grandi piedi, mani ferree, e quindi non temeva nessuno, non si spaventava di nulla, di alcun pericolo naturale. Però aveva paura dei morti.

Una volta ch'era sola nella capanna, udì un rumore strano, continuo, che pareva venir di su, di giù, da lontano, come d'un acciarino battuto sulla pietra.

Un tagliapietre a quell'altezza? Ohibò, neanche da pensarci. Non se n'era veduto mai. Forse era qualche spirito infelice che batteva le ali di metallo sulle roccie, come mosca prigioniera.

Sidra uscì fuori. Era sul finir dell'inverno, un pomeriggio tiepido e soleggiato. Intorno all'ovile era un grato tepore, un presentimento di primavera; le roccie erano calde, l'erba odorava, il cielo sconfinava azzurro nei golfi azzurri, nelle montagne azzurre.

In quel gran silenzio soleggiato, il rumore della pietra percossa vibrava limpido, ripetuto in giro da più echi.

Sidra guardò attorno, con la mano sugli occhi, camminò cauta sull'erba fina ancora umida, andò di qua e di là, ma non vide nulla. Il rumore durò tutta la sera: verso il tramonto scoppiò una mina, rintronando per tutte le profondità del Monte, e Pessa assu malu, il cane, abbaiò come un demonio incatenato.

Poco dopo tornò zio Sidru coi suoi porci abbastanza numerosi, ma non grassi (era cattiva annata di ghiande) che si fermavano grugnendo e frugando col muso lungo il sentiero.

- Rimani qui? - domandò a Sidra, che aveva acceso il fuoco.

- Rimango. Chi è che taglia pietre sul Monte?

- Che ne so io? Sarà qualche pezzente! - disse il padre con disprezzo.

Era un uomo alto, zio Sidru, alto e grosso, barbuto e con lunghi capelli neri. Il suo volto impassibile, d'un pallore grigiastro, pareva scolpito sulla pietra. Ed era taciturno e duro. Pareva che la natura della pietra, fra cui viveva, si fosse identificata in lui. Se parlava era con disprezzo. Da quell'altezza ove passava i suoi giorni, e perché dopo quarant'anni di lavoro poteva vivere indipendente, giudicava gli uomini con disprezzo.

- Chi sarà quel matto che è salito quassù a tagliar pietre? - chiedeva ogni tanto Sidra, come parlando fra sé.

Il pastore stava seduto accanto al fuoco: non faceva nulla, non diceva nulla; solo di tanto in tanto sputava sulla cenere.

Sul tardi, mentre Sidra preparava la cena, s'udì un passo, una cantilena, e fra l'abbaiare feroce del cane, un uomo s'affacciò all'apertura della capanna, salutando:

- Buone ore tarde.

- Buone ore tarde.

- Voi eravate che facevate da tagliapietre? - domandò Sidra, ironica. - Entrate.

- Ero io.

- Entrate.

- Se non me lo dice il vecchio non entro.

- E entra! - disse il pastore, senza muoversi, e sputò.

L'uomo entrò. Sembrava giovanissimo, era piccolo, bello come una luna, bianco, con occhi metallici che penetravano fino all'anima di chi fissavano.

- E perché dunque tagliavate pietre, quassù! Lo dicevo io che doveva esser un matto! - disse Sidra.

Ma nonostante le sue parole beffarde ella faceva la graziosa, i suoi occhi scintillavano, la sua persona sembrava ringiovanita di cinque o sei anni. Il giovine si sedette, si rivolse a zio Sidru.

- Il bisogno, zio Sidru, il bisogno! Voi che avete la saviezza dell'aquila, dite, è da matto far di tutto per il bisogno? È da matto o da savio?

- Da savio.

- Da savio! Giusto. Sentite, zio Sidru, io sono cacciatore di professione. Cacciatore! Benissimo. Ma di caccia non si vive.

- Io ho un'arte in ogni dito! - gridò poi; e sollevando una mano aperta, con l'altra contò le dita, dicendo: - Io tagliapietre, io taglialegne, io falegname, io cacciatore, io tutto! E vivo bene, sapete, zio Sidru, vivo bene.

Zio Sidru taceva; Sidra divorava con gli occhi il giovinotto. Ad un tratto egli si volse a guardarla con quel suo sguardo metallico che la fece arrossire, e sempre rivolgendo la parola al pastore, disse:

- Vivo bene, non mi manca che una moglie. Volete darmi vostra figlia, zio Sidru?

- Matto! - diss'ella ridendo.

Zio Sidru neanche sorrise.

- Come, non rispondete? Non me la date? Se non me la date me la prendo.

- Matto! Matto! - ella rideva deliziosamente. Il padre la guardava severo; poi disse:

- Boele cacciatore, se vuoi rimaner con noi a pigliar un boccone in santa pace, sia: altrimenti va al diavolo.

- Come? Lo vedete il vecchio avvoltoio che non vuole? Non vuole? Io credo che vorrà.

Zio Sidru guardava sempre severamente sua figlia: ella se ne accorse e disse al giovine:

- Finitela dunque. Se volete restar a cena con noi, bene, altrimenti fate come volete.

Boele restò a cena e bevette senza scrupoli quasi tutto il vino di zio Sidru, poi se n'andò.

Padre e figlia rimasero soli, e Sidra si dava intorno a far qualche cosa, turbata e imbarazzata.

- Ha parlato sul serio quel giovinastro? - chiese il pastore.

- Non so.

- Ti è venuto mai dietro?

- Mai.

Zio Sidru stette un po' silenzioso, poi sputò sul fuoco, e disse:

- Bene, senti. Tu non sei più tanto giovine e vedi il bene ed il male. Io sono sopratutto prudente. Se lo vuoi piglialo, ma sappi che quello lì è un'immondezza, un pezzente. E tu sei ricca, e se sai aspettare il tuo stato non ti mancherà. Io lavoro da quarant'anni, vedi, ma non ho lavorato per un pezzente, per un cacciatore tagliapietre! Io quest'anno non ho venduto i porci perché non troppo grassi e perché, vedi, stiamo così che non abbiamo bisogno di venderli magri. Li venderò l'anno venturo, e mille scudi non mancheranno. Capisci, figlia di Dio, mille scudi! Ora fa quello che vuoi, ma quel pezzente è un'immondezza. Io ho parlato. Io sono prudente.

Aveva parlato: tornò a chiudersi nel suo silenzio, col viso fermo come una sfinge.

- Bah, questa predica! Voi siete matto a pensare certe cose! - disse rossa e risentita la figliuola. E si mise ritta, superba, sull'apertura della capanna, scrutando l'immensa notte serena.

Tre mesi dopo ella sposò Boele, che dalle carte, nonostante la sua aria giovanissima, risultò dell'età di trentasei anni.

Zio Sidru era prudente, dunque, e non si oppose, e non disse nulla, cupo, taciturno. Lo sposo non aveva che una camicia, una misera veste e un fucile.

Salirono sull'ovile a far il pranzo di nozze. Era sul finire della primavera: il regno della pietra s'era coperto di cespugli fioriti, di rose canine, di asfodelo lucente. Le macchie di ginestra sembravano, da lontano, fuochi un po' pallidi al sole. E il cielo, in alto, sopra le immani roccie macchiate di verde, era puro come l'acqua, e i golfi lontani e le montagne lontane apparivano e lucevano come madreperla.

La festa nuziale, a quell'altezza, in quello splendore di primavera, fu solenne. Fu arrostito un porco intero, e zio Sidru si mise la maschera e s'avvolse il collo e le mani in istracci per estrarre il miele dagli alveari. Le api ronzavano al sole; il cane abbaiava contro qualche vespa che gli pungeva le orecchie. Nella sua felicità, Sidra ogni tanto volgeva al padre un timido sguardo, ma il pastore non le badava.

Boele cantò e si ubbriacò mortalmente, poi, meno male, s'addormentò. Sidra guardava rossa e confusa il volto impassibile di suo padre; ma il padre non le badava.

Al ritorno, a tarda sera, ella disse allo sposo, che camminava ancora barcollante e pallido:

- Cattivo, hai fatto male a fare quello che hai fatto: ah, non dovevi farlo davanti a mio padre.

- E che cosa ho fatto?

- Cosa hai fatto? Lo domandi a me? Ah!

- Ah né ohi! Mi sono ubbriacato, ebbene? Il vino è fatto per gli uomini.

- Ma davanti a mio padre!

- Chi è tuo padre? Un vecchio avoltoio. Forse che non si è ubbriacato quando era sposo, lui? Tu hai paura di lui, vero?

- Vero.

- Ebbene, sta quieta: io lo renderò morbido come una spugna. Egli starà entro il nostro pugno, vedi! - disse Boele, facendo atto di stringer qualche cosa entro il pugno.

Sidra tacque, umilmente.

E Boele mantenne la sua parola. Egli s'arrangiava, cacciava pernici e le spediva a Nuoro, lavorava da maestro di carri paesani, faceva il tagliapietre, ma i guadagni d'un mese li beveva in un giorno. Sua moglie lo manteneva, ma egli del resto la trattava bene, e al suocero dimostrava un'affezione, un rispetto, una obbedienza servile.

E faceva quel che voleva di quell'uomo di pietra, temuto in tutto il paese. Per qualche tempo le cose andarono bene.

In autunno Boele cacciò sei martore, e disse alla moglie:

- Vado a Nuoro per vender le pelli: col ricavo compro del legname e pianto bottega al ritorno. Vedrai che denaro faremo.

Infatti fece da savio, vendette bene le pelli e mise su una piccola bottega: in meno d'un mese fece tre carri, li vendette e diede il denaro a Sidra. Poi le disse:

- Vado di nuovo a Nuoro, e compro di nuovo legname.

Ella, tutta felice nel vederlo pigliar la buona via, gli consegnò il denaro e gli disse:

- Per non stare ogni giorno viaggiando, facciamo così, preghiamo il babbo che ci dia qualche altro centinaio di lire.

- Va bene - gridò Boele con gli occhi scintillanti.

Salirono all'ovile, in un freddo giorno di novembre, e zio Sidru diede i denari.

Sidra non dimenticò mai più quella giornata: le pareva d'esser più felice che nel giorno luminoso del pranzo nuziale. Rimasero una notte e un giorno nell'ovile. Faceva freddo, il vento batteva furioso le roccie, e nelle grigie lontananze, dai golfi lividi, dalle montagne livide, salivano incessanti vapori cinerei. Nel bosco i porci sgretolavano le abbondanti ghiande, e ingrossavano a vista d'occhio.

Nascevano i porcelletti dal muso roseo, dal pelame delicato; e perché alle madri non venisse danno nel metterli alla luce, zio Sidru aveva sotterrato nell'apertura della mandria una reliquia antica. Era un medaglione in forma di nicchia, col vetro, appeso ad una doppia catenella d'argento. Il medaglione era di legno nero, e dietro il vetro si scorgevano strane figure di santi, un'iscrizione greca rovesciata, e pezzi di legno rosso, che per i buoni paesani erano frammenti del sangue coagulato di San Giorgio.

Dopo che zio Sidru aveva sotterrato la reliquia, nessun porcellino era più nato morto: ogni volta che il pastore varcava l'apertura della mandria si faceva tre segni di croce.

Sidra portò in paese due o tre porcelletti ammazzati, li frisse nell'olio e li preparò per il viaggio di Boele. Egli partì. La sposa restò sola nella casetta di pietra sotto il melograno che s'ergeva tutto d'oro sul grigio cielo d'autunno: e lieti sogni per l'avvenire le rallegravano la solitudine. Ma aspetta otto, aspetta dieci, aspetta quindici giorni, Boele non tornava. Sidra diventò pallida, col cuore grosso. Passò un mese e Boele non mandava neppure sue notizie.

Zio Sidru mandava sempre a chiedere se Boele era tornato, e alla fine calò egli stesso in paese. Trovò Sidra più morta che viva: la guardò cupo e triste. Che sarà accaduto di Boele? L'avranno derubato, l'avranno ammazzato? Sarà caduto nel fiume, sarà morto d'accidente per istrada?

Padre e figlia si guardavano desolati, ma non osarono pronunziare la triste verità che loro opprimeva l'anima.

- Bisogna mandare a Nuoro; bisogna sapere, bisogna sapere - diceva Sidra disperata.

- A poco, a poco, non bisogna far scandali, non bisogna far sapere le nostre vergogne a tutto il paese. Vedrò io, manderò io - rispose il padre.

Mandò segretamente un suo compare di battesimo, poi, per divagarla, poiché il tempo pareva mettersi al buono, prese con sé all'ovile la figliuola.

Il compare, intanto, col cappuccio eretto sul capo, galoppava sull'altipiano, scrutando i pascoli verdi, freddi, irrigati d'acqua che brillava al sole come acciaio.

- Poca erba quest'anno, poca erba davvero. Fatelo ritornare vivo o morto, compare, pigliatelo a schiaffi!

- Ah, compare, io non mi perdo la libertà per voi! Ve lo farò tornare, ma non rischierò altro, compare!

- Poca erba quest'anno, davvero poca!

Una sera, sull'imbrunire, zio Sidru e la figliuola stavano accanto al fuoco, nella capanna. Fuori era un gran silenzio di vespro annuvolato, quando il cane si mise ad abbaiare ferocemente, con insistenza. Sidra sentì battere il cuore, ma non disse nulla, e si piegò su sé stessa, rattenendo il respiro. Come in una indimenticabile sera, s'udì un passo; e la figura di Boele apparve.

Sembrava inebetito, lacero, col volto nero, gli occhi spenti.

Entrò, si lasciò cadere per terra, gemendo come una bestia presso a morire.

- Ammazzatemi, - diceva, stendendo le braccia al suolo, - fatemi a pezzi; sono un miserabile, un vile: ho bevuto fino all'ultimo centesimo, il mio e il vostro, tutto, tutto. Ammazzatemi, padre Sidru, spalancate la mano, immergetemi la lesina nella nuca. Uccidetemi ora, ora... in questo momento; altrimenti farò peggio.

Zio Sidru lo guardò dall'alto, ritto, sprezzante, e disse una sola parola:

- Immondezza! - poi uscì.

Sidra si mise a piangere sulla rovina dei suoi sogni.

Boele, bocca a terra, con le braccia aperte, continuò a delirare; a poco a poco le sue parole e i suoi gemiti si confusero, finirono in un rantolo, ed egli s'addormentò d'un sonno febbrile.

Allora Sidra s'alzò e gli frugò le tasche e il petto; non c'era un centesimo. Gli toccò la fronte che scottava, gli mise un sacco sotto il capo, e continuò a piangere.

L'indomani Boele, che aveva la febbre, prese per forza la mano di zio Sidru, gliela baciò, gliela bagnò di lagrime.

- O ammazzatemi o perdonatemi, padre Sidru, io sono un'immondezza, calpestatemi come un'immondezza. Sarò il vostro mandriano, non toccherò più la mia sposa, sarò il vostro servo, davanti a voi non solleverò neanche le sopracciglia.

E tante e tante altre promesse. Zio Sidru era prudente e perdonò.

Tornarono alla vita antica. Boele si diede tutto alla caccia; saliva sui picchi più alti del Monte in cerca d'aquile, cacciava volpi, corvi, donnole, ogni razza infine d'animali. Ritornò allegro, e spesso Sidra lo udiva cantare una quartina che le dava un brivido di tristi ricordi:

Adios, Nugoro, adios,

Ca parto pro mind'andare,

E cando b'app'a torrare,

Sos mortos den esser bios;

Adios, Nugoro, adios .

- Almeno sia! - ella pensava.

Spesso Boele passava le notti all'ovile, guardando i porci oramai grassi, pronti alla vendita. Zio Sidru aspettava un negoziante del sud; se non si combinava, il pastore contava recarsi egli stesso a Cagliari. Gran parte della sua fortuna, del suo lavoro di quarant'anni, era in quella chedda di porci grassi.

- Col ricavo, - pensava, - io comprerò una tanca e passerò tranquillamente il resto dei miei giorni.

Venne il negoziante, ma non si combinò. Allora zio Sidru decise partire. Boele doveva accompagnarlo. Si doveva partire una mattina, all'alba, verso la metà di febbraio. Boele era andato a caccia e mancava da due giorni.

Ritornò la vigilia della partenza, verso sera; aveva gli occhi brillanti, il volto acceso.

- Non è arrivato l'uomo che deve custodire l'ovile durante la nostra assenza? - domandò.

- No, e mi secca perché mancano tre bestie, e mi tocca mettermi in giro per cercarle.

- Andate pure, padre Sidru.

- Ma tu hai gli occhi lucenti come lucciole. Tu sei ubbriaco e ti addormenterai.

- Io non sono ubbriaco e non mi addormenterò. Andate.

Zio Sidru andò. Era una notte di vento, di nuvole, ma chiara come un crepuscolo. La luna passava dietro le grandi nuvole di rame dorato che coprivano il cielo; si scorgeva ogni rupe, ogni macchia scossa dal vento sonoro.

A una certa distanza dall'ovile, zio Sidru credé trovar le traccie delle tre bestie scomparse, e un'orma di piede umano.

- Oh, - gridò fra sé, - me le hanno rubate, dunque? Ma io saprò seguirti, volpe senza coda!

E seguì le traccie, sicuro che nell'ovile Boele vigilava.

Cammina di qua, cammina di là, zio Sidru perdé quasi tutta la notte invano. Poi la luna tramontò, le nuvole si fecero nere, il pastore non vide più nulla e ritornò all'ovile. Da lontano udì il cane abbaiare furiosamente, destando echi cavernosi. Pareva la voce d'un demonio incatenato fra le roccie, e zio Sidru provò una sorda inquietudine. Affrettò il passo: a momenti il cane si chetava, ma poscia ritornava a urlare con più forza.

- Esso mi chiama, - pensava zio Sidru, - che cosa diamine accade lassù? Cosa fa quel pezzente, quel cacciatore di cornacchie?

Si mise a correre: il vento gli sferzava le spalle, il fianco, i capelli; il cuore cominciò a battergli forte. Arrivò ansando all'ovile. L'ovile era vuoto, i porci scomparsi, scomparso Boele. Solo il cane, solo gli urli rauchi e rabbiosi del cane, animavano la buia solitudine.

Zio Sidru si morse le dita, s'aggirò intorno come un forsennato, gemendo e parlando fra sé.

- Egli mi ha derubato, egli mi ha assassinato. Aveva gli occhi brillanti, il volto rosso. Egli pensava da molto tempo a derubarmi, a rovinarmi. L'infame immondezza! Ha preso questa via, è partito appena mi sono allontanato, ed ora è lontano, lontano assai, il cacciatore di cornacchie! Egli venderà i miei porci, egli beverà il mio lavoro, il mio sangue! Egli? Oh, prima gli cascheranno gli occhi. Io t'inseguirò, ti taglierò la via, ti metterò sette palle nel cuore, pezzente ladro!

Neanche per un momento, venne a zio Sidru l'idea di denunziare Boele alle autorità. Ah, egli si sentiva prudente anche in quella terribile occasione; e poi si sentiva capace di far tutto da sé. E non una parola di rimprovero contro Sidra, causa prima di tutte le sue disgrazie.

Non perdé un minuto di tempo. Una linea verdognola, che tagliava le nuvole fra il cielo ed il golfo d'Orosei, annunziava l'alba. Il vento andava chetandosi, e solo le cime dei cespugli si curvavano qua e là appena illuminate. Il freddo era acuto. Zio Sidru s'avviò per istrada, incontrò l'uomo che doveva custodire l'ovile e che gli recava un cavallo per il viaggio. Gli tolse il cavallo, gli raccomandò di guardar bene l'ovile e le poche bestie rimaste, e che Boele era già partito coi porci. Montò a cavallo e proseguì. Giunto davanti a casa sua si fermò, batté forte sulla porta col calcio del fucile, ed attese senza smontare da cavallo. Sidra aprì.

- Senti - disse zio Sidru a voce bassa, curvandosi sulla sella. - Tuo marito mi ha rubato tutti i porci, stanotte, e va a venderli e a ubbriacarsi. Senti...

- La giustizia... - cominciò a gridare Sidra, diventando pallida come tela.

- Non gridare, donna! La giustizia me la faccio io - disse il padre, battendosi una mano sul petto. - Ora vado, gli taglio la via, lo schiaccio come una lucertola. Tu sta tranquilla. E sta zitta.

- Ma aspettate... ma raccontatemi, padre... ditemi...

Egli era già lontano.

Sidra chiuse la porta. Tremava tutta, i denti le battevano forte forte, la morte le stava davanti agli occhi.